Sophia Rudolph
Blinde Leidenschaften
Die Schöne und das Biest
erotischer Roman

www.Elysion-Books.com

Sophia Rudolph
Im Südwesten Deutschlands geboren, entwickelte Sophia Rudolph früh eine Leidenschaft für das Lesen und Schreiben. Noch größer als ihre Leidenschaft dafür, sich in geschriebenen Texten zu verlieren, ist die, sich auf Reisen quer durch Europa zu neuen Geschichten inspirieren zu lassen. Leidenschaft spielt auch in ihren Geschichten eine große Rolle.
»Die Schöne und das Biest« ist ihr erster Titel bei Elysion-Books, ein zweiter wird im Frühjahr 2016 folgen.

Sophia Rudolph

Blinde Leidenschaften
Die Schöne und das Biest

ELYSION

WWW.Elysion-Books.com
ELYSION-BOOKS TASCHENBUCH
BAND 4072
1. Auflage: Februar 2015

VOLLSTÄNDIGE TASCHENBUCHAUSGABE

ORIGINALAUSGABE
© 2014 BY ELYSION BOOKS, GELSENKIRCHEN
ALL RIGHTS RESERVED
UMSCHLAGGESTALTUNG: Ulrike Kleinert
www.dreamaddiction.de
FOTOS: © Fotolia/Knut Wiarda © Fotolia/Subbotina Anna
LAYOUT &WERKSATZ: Hanspeter Ludwig
www.imaginary-world.de
Korrektorat und Lektorat: Inka-Gabriela Schmidt

PRINTED BY OPOLGRAF, POLAND
ISBN 978-3-945163-02-3
Mehr himmlisch heißen Lesespaß finden Sie auf:
www.Elysion-Books.com

Inhalt

Kapitel 1 7
Kapitel 2 16
Kapitel 3 26
Kapitel 4 38
Kapitel 5 58
Kapitel 6 69
Kapitel 7 83
Kapitel 8 96
Kapitel 9 106
Kapitel 10 116
Kapitel 11 125
Kapitel 12 137
Kapitel 14 154

Kapitel 1

»Es reicht.« Nathans Stimme war kalt. Vor einigen Jahren hätte er jetzt vermutlich losgeschrien. Doch zu solchen Gefühlsausbrüchen ließ er sich schon lange nicht mehr hinreißen.

Er warf der blonden Frau zu seinen Füßen nur einen kurzen Blick zu, ehe er an ihr vorbei ging. Für ihn war dieses Treffen beendet. Einmal zu oft hatte sie versucht, seine Regeln zu umgehen.

»Warte.« Ihre gefesselten Hände schossen hervor, versuchten, nach ihm zu greifen. Der nächste Fehler. Nathans Augen wurden schmal. Nicht, dass sie es sehen konnte. Die Maske über ihren Augen verhinderte dies, auch wenn sie versucht hatte, ihn dazu zu bringen, sie abnehmen zu dürfen. Fehler Nummer Eins.

Gelangweilt sah er zu ihr herab, beobachtete, wie ihre Zunge langsam über ihre Lippen glitt, ehe sie ein kleines Lächeln versuchte.

»Es muss doch noch nicht vorbei sein.«

Lächerlich. Nathan verspürte den Drang, laut loszulachen, widerstand ihm jedoch mit spielerischer Leichtigkeit.

»Doch, muss es«, widersprach er ihr und schob ihre suchenden Hände unwirsch zur Seite.

»Aber wieso denn?« Ihre Stimme sollte ihn locken. So, wie ihre Hände, die sie jetzt über ihren Hals streicheln ließ, über den Ansatz ihrer Brüste. Das Seufzen, das ihr entfuhr, klang einstudiert. Unecht. So wie sie.

»Weil ich es sage.« Er drehte sich nicht mehr zu ihr um, als er den Raum verließ und sie allein ließ. Er würde Theodore

Bescheid sagen, dass die junge Dame aus dem Haus begleitet werden sollte. Ihr Geld sollte sie bekommen, auch wenn er es keine halbe Stunde mit ihr ausgehalten hatte. Es ihr nicht zu geben, würde ihm nur größeren Ärger einhandeln.

Das Klicken der Tür, als er sie ins Schloss zog, klang endgültig in seinen Ohren. Auf gewisse Weise stimmte das auch. Er war es leid. Er war *sie* leid. Jedes Mal das altbekannte Spiel von vorne. Eine neue Frau, die ihre Dienste für eine entsprechende Entlohnung anbot, sich aber in den wenigsten Fällen auch an die Vereinbarungen hielt. Immer wieder versuchte eine von ihnen, ihn zu berühren, einen Blick auf ihn zu erhaschen, seinen Namen zu erfahren.

Nathan hatte endgültig genug davon. Er zog sich in sein Büro zurück und nahm den Hörer vom Telefon, um Theodore auf der Hausleitung zu erreichen.

»Bring sie raus.«

»Sehr wohl, Mr. Blackbourne.«

Nathan legte den Hörer auf und ließ sich in den Ledersessel hinter seinem Schreibtisch fallen. Gedankenverloren kratzte er an seinem Kinn, während er über eine Lösung für dieses Problem nachdachte. Ein zölibatäres Leben kam erst gar nicht in Betracht, aber er wollte nicht mehr jedes Mal, wenn er Lust auf Sex hatte, darauf warten müssen, dass die Agenturen, die er bemühte, ihm eine angeblich passende Kandidatin schickten. Nur um dann herauszufinden, dass sie überaus unpassend war.

Seine Finger verkrampften sich, als ihm bewusst wurde, dass er dabei war, eine alte Narbe aufzukratzen. Er ballte die Hand zur Faust, um das unwillkommene Zittern zu überdecken.

»Es reicht«, flüsterte er und schlug mit der Faust auf den Tisch. Dies war sein Leben, sein Haus. Hier galten seine Regeln, verdammt noch mal. Kurzentschlossen öffnete er das Adressbuch seines Telefons und löschte mit einigen Klicks die Agenturen aus seinem Verzeichnis. Wer nicht zu seiner Zufriedenheit arbeiten konnte, sollte besser gar nicht erst für ihn arbeiten. An dieser Devise hatte sich nichts geändert. *Wenigstens etwas,* dachte er mit einem verächtlichen Schnauben.

Mit ruckartigen Bewegungen griff er zur Computermaus und öffnete seine Mails. Zehn Neueingänge, seit er vor beinahe einer Stunde zum letzten Mal danach gesehen hatte. Es schien ein ruhiger Tag zu werden. Nathan fuhr sich mit der Hand durchs kurze, schwarze Haar. Wenn ihn selbst seine Arbeit ihm Stich ließ, war das ein sehr schlechter Tag.

Theodore klopfte an der Tür und Nathan bat ihn herein. Der alte Mann trug ein Tablett in den Händen, eine Flasche flüssigen Golds und ein Glas darauf.

»Ich habe die junge Dame von Jennings zurück in die Stadt fahren lassen und ihr den vollen Preis ausgehändigt.«

Nathan nickte nur, als Theodore das Glas vor ihm auf den Tisch stellte und die Flasche daneben.

»Ich dachte mir, Sie könnten einen Whisky vertragen, Mr. Blackbourne.«

Nathan seufzte und goss sich ein Glas ein. Während er es an die Lippen führte, sah er über den Rand des Glases hinweg seinen ältesten Vertrauten an.

»Was mache ich nur, wenn Sie gehen, Theo?«

»Nun, ich gehe davon aus, Sie werden sich nach einem Ersatz umsehen, Mr. Blackbourne.«

Die selbstverständliche Antwort brachte Nathan zum Schmunzeln. Er ließ den Whisky über seine Zunge gleiten und den Hals hinabfließen. Das leichte Brennen in seiner Kehle wirkte angenehm belebend.

»Einen Monat, sagten Sie?«

»Einen Monat noch, Mr. Blackbourne«, bestätigte Theodore. »Ich bleibe natürlich noch ein paar Tage länger, wenn ich jemanden einarbeiten muss. Wenn Sie es wünschen, Mr. Blackbourne, kann ich mich auch gerne nach geeigneten Nachfolgern erkundigen.«

Nathan war bereits dabei, zu nicken, als er innehielt. Eine Idee kam ihm in den Sinn, die ihm zunächst zwar abwegig erschien, bei näherer Überlegung jedoch durchaus ihren Reiz hatte. Zum ersten Mal an diesem Tag stahl sich ein echtes Lächeln auf seine Lippen. Nathan ignorierte das Ziehen auf seiner

Haut, das diese Geste verursachte und widerstand dem Drang, über sein verletztes Gesicht zu fahren.

»Danke, Theo, das wird nicht nötig sein. Ich kümmere mich selbst um einen Nachfolger. Ich werde Matt gleich darauf ansetzen.«

Sein Sekretär bemühte sich offenkundig, seine Überraschung über diese Aussage nicht zu zeigen und ließ Nathan allein. Dieser griff zum Hörer und wählte die Nummer seines besten Freundes.

»Es tut mir leid, dass wir keine besseren Neuigkeiten für Sie haben, Miss Sullivan.«

Sie spürte Dr. Miles' mitleidigen Blick auf sich, auch wenn sie es nicht schaffte, zu ihm aufzusehen. Zwei Monate, vielleicht drei, eher weniger. Emma konnte die Maschinen, an denen ihr Vater angeschlossen war, selbst hier auf dem Flur piepsen hören. Die Maschinen, die sie so sehr hasste und die ihren Vater doch am Leben hielten.

»Aber gibt es denn wirklich nichts, was Sie noch tun können? Die Medizin hat in den letzten Jahren doch Fortschritte gemacht und ...« Sie hielt inne, kämpfte gegen die Tränen an, die als dicker Kloß in ihrem Hals brannten und schluckte sie mühsam herunter.

»Irgendetwas, Dr. Miles?« Als Emma zu ihm aufsah, nickte der Mediziner langsam. Seine Augen wanderten über die weiße Wand hinter ihr.

»Es gibt neue Forschungsergebnisse und Methoden, die sich in den letzten Testphasen befinden. Bisher liefern sie sehr positive Resultate, wobei man nie sagen kann, wie jeder einzelne Patient auf sie anspricht.«

»Aber?« Es lag wie eine düstere Wolke über seinen Worten. Dieses kleine Wort, das alles zerstören konnte.

»Aber die Behandlungskosten belaufen sich geschätzt auf eine halbe Million Pfund.«

Eine halbe Million. Fünfhunderttausend. Emma wurde schwindelig. Der Boden schien ihr unter den Füßen weggezogen. Sie hatten bereits den Buchladen verkauft, den ihre Familie seit Generationen führte, um die bisherigen Behandlungen bezahlen zu können. Der Verkauf hatte die Kosten gedeckt und es war auch noch ein wenig davon übrig, aber noch nicht einmal mehr fünfzigtausend, geschweige denn fünfhunderttausend Pfund.

»Deswegen wollte ich es gar nicht erst erwähnen. Es ist eine sehr teure und dennoch unsichere Behandlungsmethode und …«

»Wie viel länger könnte er damit leben?« Die Frage kam automatisch. Denken konnte sie im Moment gar nicht mehr. Sie starrte auf das Namensschild an Dr. Miles weißem Kittel, während ihr Verstand auf Hochtouren lief, um zu rechnen, jeden Penny umzudrehen, den sie irgendwo vermutete.

»Miss Sullivan, wie gesagt, es gibt positive Ergebnisse, aber keine absolute Garantie …«

»Wie lange?«

Dr. Miles seufzte. »Die Probanden, die positiv auf die Behandlung reagierten, befinden sich derzeit auf dem Weg der Besserung. Die ersten Tests wurden vor etwa drei Jahren durchgeführt und diese Patienten zeigen eine Stärkung ihres Körpers, was ihre Ärzte dazu veranlasst, ihnen eine beinahe normale Lebenserwartung zu versichern.«

»Beinahe normal?«

»Nun, wir reden hier nicht über eine Erkältung. Die Organe dieser Patienten, allen voran das Herz, haben gelitten. Aber ihre Lebenserwartung beträgt derzeit etwa siebzig bis fünfundsiebzig Jahre, bei einem derzeitigen Alter von durchschnittlich sechzig.«

Ihr Vater war neunundfünfzig. Emma nickte langsam, rechnete erneut alles durch. Sie hatte das Geld nicht. Nicht einmal annähernd.

»Gut«, flüsterte sie. »Ich werde das Geld irgendwie beschaffen.«

»Miss Sullivan …«

Sie sah zu ihm auf, kümmerte sich nicht darum, dass die Tränen längst über den Kloß in ihrem Hals hinausgewachsen waren und in ihren Augen standen. »Tun Sie, was Sie können, um meinem Vater zu helfen. Ich werde es auf den letzten Penny bezahlen, das schwöre ich!«

Dr. Miles sah so aus, als wollte er ihr noch einmal widersprechen. Stattdessen schüttelte er langsam den Kopf.

»Ich suche die Unterlagen zusammen und gebe sie Ihnen und Ihrem Vater noch einmal zum genauen Durchlesen. Vorher sollten Sie keine Entscheidung treffen.«

Emma biss die Zähne aufeinander. Sie hatte ihre Entscheidung bereits getroffen. Ihr Vater würde nicht sterben, durfte nicht sterben. Reichte es denn nicht, dass ihre Mutter bereits diesem verdammten Krebs zum Opfer gefallen war? Sollte sie jetzt wirklich noch ihren Vater daran verlieren müssen? Nein, das würde sie nicht zulassen. Sie ballte die Hände zu Fäusten, vergrub sie jedoch in den Taschen ihrer Strickjacke. Sollte Dr. Miles noch ein wenig daran glauben, dass er sie umstimmen könnte.

Der Arzt verabschiedete sich fürs Erste von ihr und Emma kehrte ins Krankenzimmer ihres Vaters zurück. John lächelte sie müde an, als sie sich neben seinem Bett auf einen Stuhl setzte und seine Hand ergriff.

»Na, welche Hiobsbotschaften hat der Arzt dir heute verkündet?«

»Keine Hiobsbotschaften«, log Emma. John schüttelte leicht den Kopf und hob seine freie Hand, um sie über Emmas Wange streichen zu lassen.

»Du bist eine schlechte Lügnerin, meine Kleine. Seit man mich hier eingeliefert hat, behandelt man mich wie ein kleines Kind. Nicht einmal über meinen Zustand will man mich informieren. Ich weiß, was das bedeutet.«

»Das bedeutet, dass es nichts gibt, worüber du dir Sorgen machen musst, Dad. Es wird alles wieder gut. Dr. Miles hat mir von einer neuen Behandlungsmethode erzählt.«

Emma bemühte sich, ihre Stimme fröhlich klingen zu lassen

und schwärmte ihrem Vater von den Erfolgen der Behandlung vor. John lächelte nur und hörte ihr zu, während sie ihre Luftschlösser baute. Als sie Luft holte, tätschelte er ihre Hand.

»Ich wünschte mir, wenigstens du würdest mich nicht wie ein Kind behandeln, meine Kleine. Sag mir ehrlich, wie schlimm es um mich steht.«

Dr. Miles klopfte an den Türrahmen und hielt eine weiße Mappe mit blauen Mustern in den Händen.

»Die Unterlagen, von denen ich Ihnen erzählte, Miss Sullivan. Wie gesagt, Sie sollten sich diese beide gründlich durchlesen, ehe Sie irgendeine Entscheidung treffen. Wir können nächste Woche noch einmal darüber reden.«

Emma stand hastig auf und ging auf Dr. Miles zu, um ihm die Unterlagen aus der Hand zu nehmen. Mit einem breiten Lächeln kehrte sie zu ihrem Vater zurück.

»Siehst du, Dad? Ich sagte doch, es gibt eine neue Behandlungsmethode. Ich nehme mir die Unterlagen heute mit und lese sie zuhause und bringe sie dir gleich morgen wieder mit.« Sobald sie alles, was auf den Preis der Behandlung hinwies, aus den Unterlagen vernichtet hatte. Ihr Vater brauchte seine Kraft, um gegen den Krebs zu kämpfen, er sollte sie nicht darauf verschwenden, wie sie das Geld auftreiben würde, das ihm sein Leben zurückgeben würde. Wenn sie mehr sparte, in eine kleinere Wohnung ziehen würde … und sie musste sich ohnehin einen Job suchen, nachdem sie den Buchladen verkauft hatten. Wieso dann nicht gleich zwei oder auch drei. Sie wäre nicht die erste, die sich in diesen Zeiten die Nächte mit einem Zweit- oder Drittjob um die Ohren schlug. Irgendwie würde sie das Geld zusammenbekommen. Sie musste Dr. Miles nur davon überzeugen, dass sie die Behandlungskosten abstottern durfte.

In ihrem Kopf formte sich langsam ein Plan. Ein Bild ihrer Zukunft und sie war überzeugt davon, es zu schaffen. Gleich heute Abend, wenn sie nach Hause kam, würde sie im Internet und in der Zeitung die Stellenanzeigen durchgehen.

Nathan presste Daumen und Zeigefinger der rechten Hand auf seine Nasenwurzel und atmete tief durch. Matthew war von seiner Idee alles andere als begeistert gewesen. Nur widerwillig hatte er sich darauf eingelassen, die Bewerbungsgespräche für Nathan zu führen. Dabei hatte Nathan erwartet, dass Matthew ihn verstehen würde. Oder zumindest seine Beweggründe. Doch stattdessen hatte er ihm versucht klar zu machen, dass sein Plan, nicht nur einen Ersatz für Theodore zu suchen, sondern diesen mit seinem in letzter Zeit viel zu kurz gekommenen Sexleben zu verbinden, Matthews Meinung nach an Wahnsinn grenzte.

»Was glaubst du, werden die Frauen sagen, sobald ich ihnen eröffne, was genau diese Stelle beinhaltet?«, hatte er ihn gefragt und Nathan hatte selbst durch das Telefon gehört, dass sein alter Freund unruhig hin und her lief.

»Es gibt nur einen Weg, das herauszufinden, Matt. Und ich denke, du schätzt Frauen vollkommen falsch ein. Zwei Millionen Pfund für ein Jahr. Unter dieser Bedingung werden die meisten zustimmen.«

Nathan war noch immer davon überzeugt. Matthews Zweifel hatte er beiseitegeschoben und das Telefonat zügig beendet. Nun saß er mit einem zweiten Glas Whisky vor seinem Computer und stellte die Stellenanzeige online.

Warten war noch nie seine Stärke gewesen und die letzten Jahre hatten es nicht besser gemacht. *Nein,* korrigierte er sich im Stillen. Eigentlich war es im Krankenhaus noch schlimmer geworden. Es hatte ihn wahnsinnig gemacht, jeden Tag nur geringe Fortschritte an sich wahrzunehmen. Die Hand ein wenig höher heben, ein paar Schritte mehr gehen, ehe er erschöpft in einem Rollstuhl zusammenbrach.

Ein drittes Glas Whisky brannte seine Kehle hinab. Doch die Erinnerungen konnte der Alkohol nicht auslöschen. Die Schmerzen hatte er zwar überwunden, doch noch immer verging kein Augenblick in seinem Leben, an dem er nicht daran erinnert wurde, was er verloren hatte. Er hörte den Regen, die laute Musik im Radio, hörte das Quietschen seiner Reifen, als er die Kurve zu schnell nahm.

Nathan stand hastig auf und durchquerte sein Büro. Er würde sich diesen Tag nicht noch weiter ruinieren lassen.

Emma schaltete das Licht nicht ein, als sie am Abend die Wohnung betrat. Ihre Handtasche mit den Unterlagen für die Behandlung ihres Vaters fiel wie ein Stein zu Boden. Sie wollte nur noch unter die Bettdecke kriechen und darauf warten, aus diesem Albtraum zu erwachen. Doch die Erinnerung an ihren Vater, angeschlossen an diesen Maschinen, die in einer Tour piepsten, machten ihr noch einmal allzu deutlich, dass es aus diesem Albtraum kein Erwachen geben würde. Und sie schuldete es ihrem Vater, sich vor dieser Wahrheit nicht zu verstecken. Es würde ihm nicht helfen, wenn sie sich die Decke über den Kopf zog und sich vor der Welt versteckte. Sie musste kämpfen.

So erlaubte sie sich nur für ein paar Minuten die Grausamkeit der Welt auszusperren, während sie versuchte, sich mit einer heißen Dusche zu entspannen. Emma vermisste die Badewanne, die im Bad ihres Elternhauses gestanden hatte. Um ihrem Vater die nötige Behandlung zu finanzieren, wäre sie jedoch sogar bereit, gänzlich auf ein eigenes Badezimmer zu verzichten.

Die Unterlagen waren das erste, was sie sich griff, als sie aus dem Bad kam. Im Schlafanzug setzte sie sich auf die Couch in ihrem Wohnzimmer und zog die Broschüre aus der Mappe. Sie las sich die beschriebene Behandlungsmethode durch, die Ergebnisse der letzten Studien, Berichte von behandelnden Ärzten. Irgendwann schwirrte ihr der Kopf von Zahlen, Prognosen und Fachtermini. Als sie die Broschüre zur Seite legte, starrten ihr aus der Mappe die für die Behandlung zu erwartenden Kosten entgegen. Emmas Finger zitterten, als sie nach dem Blatt griff und es aus der Mappe nahm. Fünfhunderttausend Pfund. Wie lange würde sie arbeiten müssen, um diese Summe bezahlen zu können?

Sie ballte das Papier zusammen und warf es wütend gegen die Wand, stopfte die Broschüre zurück in die Mappe und legte sie auf den Tisch. Mit fahrigen Bewegungen strich sie sich durch das lange, braune Haar. Sie schloss für einen Moment die Augen und verbarg ihr Gesicht in den Händen.

Auf einmal fühlte sie sich entsetzlich erschöpft. Als sie die Augen öffnete, fiel ihr Blick auf den Laptop. Sie hatte nach Stellen sehen wollen, doch sie war zu müde, um auch nur den Arm danach auszustrecken.

»Morgen«, versprach sie sich und streckte sich auf der Couch aus. Sie war sogar zu erschöpft, um ins Bett zu gehen. Sie zog sich die Wolldecke bis zu den Schultern hoch und versuchte, die Bilder aus dem Krankenhaus nicht mit in ihre Träume zu nehmen.

Kapitel 2

»Habe ich schon erwähnt, dass ich das Ganze für den größten Schwachsinn halte, der dir je eingefallen ist?«

»Nur ungefähr ein Dutzend Mal«, erwiderte Nathan ruhig. Durch das Telefon hörte er Matts Schnauben. Sein Freund hatte mehr als deutlich gemacht, wie wenig er davon hielt, diese Vorstellungsgespräche abzuhalten.

»Vertrau mir, Matt, es wird sich alles fügen. Sag einfach, was wir besprochen haben und sorg dafür, dass ich einen guten Blick auf die Bewerberinnen habe.«

»Ich denke immer noch, du solltest einfach endlich …«

»Nein«, unterbrach Nathan seinen alten Freund. Er war froh, dass sie nur über das Telefon miteinander sprachen. Seine Stimme war noch immer ruhig, doch seine freie Hand ballte sich zur Faust.

Er wusste genau, was Matt sagen wollte. Er sollte sich den Operationen unterziehen, die seine Narben auf ein kaum mehr wahrzunehmendes Minimum reduzieren würden. Noch einmal unter das Messer legen, noch einmal sein Leben und seinen Körper in die Hände der Ärzte begeben. Noch einmal wochenlang ohne Kontrolle über sich selbst, an ein Bett gefesselt, ständig auf Hilfe angewiesen. Niemals!

Er hatte die Narben als Teil seines neuen Lebens akzeptiert. Als Teil seines Gefängnisses. Die Ketten, die ihn hier festhielten und ihn täglich daran erinnerten, was er verloren hatte. Sie waren das Mahnmal an einen begangenen Fehler, das sich in seine Haut gebrannt hatte. Nathan hasste Fehler. Seine eigenen noch viel mehr als die, die andere verursachten. Und er wusste eines: Er konnte sich keine Fehler mehr leisten.

Emma wischte sich nun zum dritten Mal die Handflächen an ihrem Rock ab. Aus den Augenwinkeln sah sie das abschätzige Lächeln, dass ihr die Frau neben ihr zuwarf, als sie Emma musterte. Sie presste die Lippen zusammen und reckte das Kinn ein wenig höher. Ihr Kostüm entsprach vielleicht nicht der neuesten Mode, die Absätze ihrer High Heels waren nicht ganz so hoch wie die ihrer Nachbarin, ihr Rock bei weitem nicht so kurz – aber auch ihre Beine nicht ganz so lang. Emma biss sich auf die Innenseite ihrer Wangen.

Es ist schon ein Riesenglück, dass du hier bist, erinnerte sie sich immer wieder. Vor drei Tagen hatte sie online die Jobangebote durchstöbert und die Anzeige für diese Stelle gesehen. Persönliche Assistentin der Geschäftsleitung. Nicht, was sie gelernt hatte und sie konnte nur hoffen, dass man sie nach einem Blick in ihren Lebenslauf nicht sofort wieder wegschicken würde, aber sie musste es versuchen. Ihre Bewerbung war innerhalb einer Stunde abgeschickt gewesen und noch am gleichen Nachmittag hatte sie den heutigen Termin erhalten.

Ihre Hände zitterten und sie unterdrückte den Drang, sie erneut an dem Stoff ihres Rockes abzuwischen.

Die Tür auf der anderen Seite des Ganges öffnete sich und ein Mann trat heraus.

»Miss Dalton«, sagte er, ohne von seinem Klemmbrett aufzublicken. Emmas Nachbarin erhob sich und warf sich die langen, glänzenden Haare über die Schulter. Emma fragte sich nicht zum ersten Mal, ob es die richtige Entscheidung gewesen war, ihr Haar zu einem Knoten zu binden. Wirkte sie dadurch zu streng? Sollte die Assistentin einer Geschäftsleitung streng wirken? Oder sollte sie besser kilometerlange Beine haben, die sie in zu kurzen Röcken und zu hohen Absätzen zur Schau trug?

Mit einem Seufzen verdrängte sie ihre negativen Gedanken.

Sie brauchte diesen Job. Sie brauchte das Geld. Erneut wischte sie sich die Hände an ihrem schwarzen Rock ab.

Die Tür öffnete sich plötzlich und ihre ehemalige Sitznachbarin ging mit aufeinandergepressten Lippen und hochroten Wangen an ihr vorbei. Emma sah ihr überrascht nach. Der Mann erschien erneut in der Tür, sah wieder nur auf das Klemmbrett, während er Emmas Namen aufrief. Sie zwang sich ruhig zu bleiben und stand von ihrem Stuhl auf. Während sie dem Mann folgte, bemühte sie sich, ihren Herzschlag zu beruhigen.

Matthews gelangweilte Stimme drang über den Lautsprecher seines Laptops zu Nathan durch, als er die nächste Bewerberin hereinbat. Ihre Vorgängerin hatte es nicht einmal geschafft, auf dem Stuhl Platz zu nehmen, ehe Nathan Matthew mitgeteilt hatte, sie wegzuschicken. Er hatte sie nur ansehen müssen, um zu wissen, dass sie genau die Art von Frau war, die er nicht in seiner Nähe haben wollte. Sie würde alles daran setzen, seine Identität herauszufinden – und nicht zögern, sie meistbietend zu verkaufen, inklusive detaillierter Geschichten über seine sexuellen Vorlieben. Er hatte bereits zu viele ihresgleichen gesehen und sie war bei weitem nicht die erste, die er nach Hause schickte.

Doch Nathan gab noch nicht auf. Für diesen Tag hatte Matthew noch fünf Bewerbungsgespräche ausgemacht und weitere für die nächsten beiden Tage.

Nun warf er einen flüchtigen Blick auf die Bewerbungsunterlagen dieser Emma Sullivan. Matthew hatte darauf bestanden, ihm jede einzelne Bewerbung weiterzuleiten, obwohl Nathan ihn jede hatte einladen lassen, die auch nur ansatzweise etwas von der Bedienung eines Computers verstand.

Emma Sullivan war fünfundzwanzig Jahre alt und hatte bis vor kurzem den familieneigenen Buchladen mitgeführt. Zwar nicht die Büroarbeit, die man von einer Assistentin der Geschäftsführung eines internationalen Unternehmens erwarten würde, aber es würde ausreichen.

Als Nathan den Blick von den ausgedruckten Unterlagen zurück auf den Bildschirm hob, war er zum ersten Mal an diesem Tag wirklich interessiert an dem, was er sah. Miss Sullivan war das genaue Gegenteil ihrer Vorgängerinnen. Keine Kopfbewegung, die ihr Haar kunstvoll über die Schulter werfen sollte, kein verheißungsvolles Grinsen, kein wohlgeübter Augenaufschlag. Ihr Kostüm war nicht geschnitten, um jede Kurve zu betonen. Sie hatte nicht vor, irgendetwas anderes aus diesem Gespräch herauszuholen, als einen Job. Sie war perfekt.

»Bitte, setzen Sie sich, Miss Sullivan.«

Emma tat, wie ihr geheißen und nahm auf dem Stuhl vor dem Schreibtisch Platz. Erst, als er auf seinem eigenen Stuhl Platz genommen hatte, sah ihr Gegenüber sie an. Für einen kurzen Moment runzelte er die Stirn, ehe er sich räusperte und einen erneuten Blick auf die Unterlagen auf seinem Klemmbrett warf.

»Miss Sullivan, in Ihren Unterlagen steht, dass Sie einen Buchladen geführt haben?«

»Ich weiß, dass es nicht dasselbe ist, aber ich bin überzeugt, dass ich für den Job geeignet bin. Ich lerne Neues wirklich ausgesprochen schnell. Ich weiß, das wird jeder von sich behaupten aber …«

»Miss Sullivan, wieso suchen Sie sich nicht einen Job in Ihrem erlernten Beruf? Ich bin mir nicht sicher, dass Sie den Anforderungen …« Etwas piepste auf seinem Laptop und er warf einen kurzen Blick auf den Bildschirm. Er presste die Lippen zusammen und räusperte sich, ehe er fortfuhr. »Ich bin mir ehrlich gesagt nicht sicher, ob Sie den Anforderungen für diesen Job gewachsen sind.«

»Wie gesagt, ich begreife wirklich schnell und …«

»Ich denke dennoch, Sie sollten es sich noch einmal überlegen und …« Ein erneutes Piepsen unterbrach ihn. Sein Blick verfinsterte sich, als er auf den Bildschirm sah.

»Hören Sie, ich wäre nicht hier, wenn ich mir nicht sicher

wäre, diesem Job gewachsen zu sein. Ich bin es gewohnt hart zu arbeiten, auch bis spät in den Abend, ich erfülle meine Aufgaben selbstständig und …«

»Miss Sullivan …«

»Bitte.« Emma biss sich auf die Unterlippe. Sie wollte nicht betteln. Sie schluckte den Kloß, der sich in ihrer Kehle formte, herunter und straffte die Schultern. »Ich bin die beste, die Sie für diesen Job finden können, das kann ich Ihnen versichern.«

Was zum Teufel machte Matthew da eigentlich? Nathan sah finster auf den Monitor und tippte zum dritten Mal die Worte »Stell Sie ein!« auf der Tastatur. Doch statt dies zu tun, stellte Matt sich so an, als wolle er sie sofort wieder nach Hause schicken.

Dabei hatte er sich längst entschieden. Nathan wollte sie. Ihm war nicht entgangen, wie sie ihr Kinn kaum merklich gereckt hatte, als Matthew ihre Qualifikation in Frage gestellt hatte. Sie war stolz auf ihre Leistungen, ohne dabei die Arroganz ihrer Mitbewerberinnen an den Tag zu legen. Sie war unsicher und kämpfte dagegen an. Sie trug ihre Emotionen so offenkundig zur Schau, dass Nathan sich fragte, ob sie jemals gelogen hatte. Sie war perfekt. Nun musste sie nur noch zustimmen, den Job anzunehmen. Matthew sollte ihn ihr schmackhaft machen, nicht versuchen, sie schon im Vorfeld zu vergraulen.

Stell sie ein! Ich will sie!, tippte Nathan erneut ein und hörte, wie seine Nachricht mit einem Piepen bei Matthew ankam. Er hörte auch das Seufzen seines Freundes, als dieser die Nachricht las. Dann schwankte das Bild vor ihm, Emma Sullivans Gesicht verschwand, stattdessen sah er die Zimmerdecke und schließlich – nichts. Matthew hatte den Laptop geschlossen.

Nathan ballte die Hand zur Faust und bemühte sich, sie nicht auf den Tisch zu schlagen. Stattdessen griff er zum Hörer seines Telefons und drückte die Kurzwahltaste, hinter der sich Matthews Nummer verbarg. Besetzt.

»Matthew, du Mistkerl, versau mir das ja nicht!«, fluchte er und knallte den Hörer zurück aufs Telefon.

Emma sah ihr Gegenüber verwirrt an, als dieser nicht nur seinen Laptop beim nächsten Piepen schloss, sondern auch den Hörer des Telefons auf den Tisch legte.

»Miss Sullivan, Sie müssen mir glauben, wenn ich Ihnen sage, dass dieser Job nichts für Sie ist.« Er hob die Hand, als sie dazu ansetzte, ihm zu widersprechen. »Ich sage das nicht, weil Ihre Anforderungen für die Stelle ungeeignet wären, sondern weil Sie keine Ahnung haben, worum genau es bei dieser Stelle geht. Und wenn ich ehrlich bin, wäre es mir lieber, wenn es dabei bleibt. Vertrauen Sie mir einfach, Miss Sullivan: Sie wollen diesen Job nicht. Sie sind gut ausgebildet, Sie sagen selbst, dass Sie fleißig sind und eine schnelle Auffassungsgabe haben. Sie finden etwas Besseres, vertrauen Sie mir.«

Emmas Nackenhaare stellten sich auf. Sie verschränkte die Hände im Schoß, schüttelte jedoch den Kopf.

»Wenn Sie mir den Job nicht geben wollen, sagen Sie es, aber Sie werden es nicht schaffen, dass ich meine Bewerbung von mir aus zurückziehe«, erklärte sie mit fester Stimme. Ihr Gegenüber fuhr sich mit der Hand durch sein Haar und seufzte.

»Miss Sullivan, ich will nur Ihr Bestes, glauben Sie mir bitte. Dieser Job ist nichts für Sie. Sie wissen ja nicht, worum es hier geht.«

»Solange es nichts Illegales ist, gibt es nichts, was Sie mir sagen können, das meine Meinung ändern wird.« Sie presste die Hände so fest aneinander, dass ihre Knöchel weiß wurden. Das hier war ihre einzige Chance, die Behandlungskosten für ihren Vater auch nur ansatzweise zu verdienen. Sie konnte es sich nicht leisten, einen Rückzieher zu machen.

»Mr. ...« Sie versuchte, sich an den Namen zu erinnern, an die sie die Bewerbung gerichtet hatte, doch sein Versuch, sie abzuwimmeln, hatte sie vollständig aus dem Konzept gebracht.

»Emerson. Matthew Emerson«, gab er mit einem Seufzen seinen Namen preis.

»Mr. Emerson, wieso sagen Sie mir nicht einfach, was Sie zu sagen haben und lassen mich dann selbst entscheiden? Ich bin kein Kind mehr und definitiv alt genug, als dass jemand meine Entscheidungen für mich fällen muss.« Sie war überrascht, dass ihre Stimme noch immer so ruhig klang, während sie innerlich zitterte wie Espenlaub. Sie brauchte diese Stelle und musste den Mann, der ihr gegenübersaß, davon überzeugen, dass sie genau die Richtige dafür war, worum auch immer es ging.

Er musterte sie einen Moment lang schweigend, ließ seinen Blick über sie gleiten. Schließlich schüttelte er den Kopf und lehnte sich in seinem Sessel zurück.

»Sie wissen ja, wo es hinausgeht ...«, murmelte er, während er einen Schluck Wasser aus einem Glas trank, das neben dem nun geschlossenen Laptop stand.

»Die Stelle habe ich für einen Mandanten ausgeschrieben, der anonym bleiben möchte. Zum einen geht es tatsächlich um die ausgeschriebene Tätigkeit als Assistentin, wenn auch weit eingeschränkter, als dies üblicherweise der Fall ist. Mein Mandant nimmt keine persönlichen Treffen wahr, keine Geschäftsreisen. Er arbeitet ausschließlich von zu Hause aus. Es fällt also tatsächlich nur die Arbeit am PC und am Telefon an.«

Er hielt inne und warf Emma einen geradezu flehenden Blick zu. Doch sie wollte mehr hören. Sie wollte wissen, wovon er glaubte, dass sie nicht bereit war, es zu tun.

Er richtete seine Krawatte und fuhr sich mit der Zunge über die Lippen.

»Mein Mandant verlangt außerdem, dass Sie ihm jederzeit zur Verfügung stehen«, er zögerte kurz, ehe er hinzufügte: »zu seiner sexuellen Verfügung.« Er sah Emma eindringlich an, wartete scheinbar auf ihre Reaktion.

Emma brauchte einen Augenblick, bis sie seine Worte wirklich verstand. Blut schoss ihr in die Wangen. Ein Teil von ihr wollte augenblicklich aufstehen und gehen. Doch sie blieb, wo sie war. Ihr Vater würde sterben, wenn er seine Behandlung nicht bekam. Wie konnte sie da über so etwas Lächerliches wie Sex seine Chance zum Überleben aufs Spiel setzen?

»Miss Sullivan?«

»Ich bin noch hier«, flüsterte sie und versuchte, ihre Unsicherheit nicht in ihrem Gesicht zu zeigen.

Mr. Emerson schloss kurz die Augen. Als er sie wieder öffnete, sah er sie fragend an.

»Wieso? Wieso wollen Sie so einen Job annehmen? Ich meine, Sie haben mir wirklich zugehört, ja? Sie müssen jederzeit dazu bereit sein, Sex mit einem Ihnen vollkommen fremden Mann zu haben. Wann, wo und wie er es von Ihnen verlangt.«

Emma nickte wie in Trance. Ja, sie hatte ihn verstanden, aber es änderte nichts. Sie brauchte trotzdem das Geld, brauchte den Job. Bei seinen letzten Worten jedoch zog sich ihr Magen angstvoll zusammen.

»Ist er ... ein Sadist oder so etwas?«

»Nein ... nein ... nur«, Mr. Emerson seufzte. Emma hatte aufgehört zu zählen, wie oft er das während ihrer Unterhaltung bereits getan hatte. »Er verlangt absoluten Gehorsam, wenn Sie verstehen, was ich meine?«

Emma nickte. Ihr Kopf musste glühen, so heiß war ihr. Sie glaubte zumindest zu verstehen, was er meinte.

»Sie wollen die Stelle immer noch? Wieso?«

Emma ließ den Blick auf ihre Hände sinken. Sie zitterte. Sie hatte es nicht gemerkt, doch sie sah es an ihren Fingern.

»Mein Vater liegt im Sterben«, erklärte sie mit leiser Stimme. »Es gibt eine Behandlung, die ihm helfen kann, doch die ist sehr kostspielig. Arbeitslos kann ich sie mir auf keinen Fall leisten und selbst mit einem Gehalt als Buchhändlerin ...« Sie schüttelte den Kopf.

»Wenn ich die Stelle haben kann, dann nehme ich sie an.«

»Mein Mandant würde Sie augenblicklich nehmen. Aber ich bitte Sie, sich das noch einmal ganz genau zu überlegen, Miss Sullivan. Sie müssen für ein Jahr in seinem Haus leben, ihr Kontakt zur Außenwelt wird größtenteils eingeschränkt sein. Und Sie werden mit ihm allein sein. Momentan gibt es noch einen Butler, doch dieser wird nach Ihrer Anstellung in Rente gehen. Danach sind Sie mit meinem Mandanten allein. Und es gibt da noch einige Regeln, auf die er größten Wert legt: Sie dürfen ihn nie sehen, ihn nie selbst berühren und nie seinen Namen erfahren. Ich kann mir nicht vorstellen, wie schwer es für Sie sein muss, in der Situation mit Ihrem Vater zu sein ... aber bedenken Sie auch bitte, was das für Sie selbst bedeuten wird.«

»Es bedeutet, dass mein Vater überleben kann«, gab Emma ruhig zurück und suchte erneut Mr. Emersons Blick. »Sie sagen, Ihr Mandant ist kein Sadist, ich habe also nicht zu befürchten, dass mir innerhalb dieses Jahres etwas zustößt.«

»Nein.« Er gab auf, sie hörte es an seiner Stimme. Sie sollte jubilieren, stattdessen fühlte sie sich selbst entsetzlich erschöpft.

»Also, kann ich die Stelle haben?«

Mr. Emerson nickte langsam, schob den Laptop zur Seite und zeigte ihr den Vertrag, den sie unterschreiben sollte. Er ging noch einmal alle Punkte mit ihr durch, ihre Arbeit, die Bezahlung, die weit größer war, als Emma sich je hatte träumen lassen. Sie unterschrieb, ohne ein weiteres Mal darüber nachzudenken. Mr. Emerson versprach ihr, einen Vorschuss auf ihren Lohn am kommenden Montag an das Krankenhaus zu überweisen. An dem Tag, an dem sie ihre Stellung antreten würde. Weniger als eine Woche hatte sie Zeit, ihre Angelegenheiten zu regeln. Als sie das Büro verließ, zitterte sie am ganzen Körper.

»Denk ja nicht darüber nach, ob das ein Fehler ist«, warnte sie sich selbst und schloss für einen Moment die Augen, ehe sie sich auf den Weg zu ihrem Vater ins Krankenhaus machte. Sie hoffte, Dr. Miles anzutreffen, und mit ihm über die Behandlung reden zu können. Ihr Vater würde seine Behandlung erhalten und den Krebs besiegen. Das war alles, was zählte.

»Was zum Teufel sollte das?«, zischte Nathan ins Telefon, als Matthew ihn nach einer gefühlten Ewigkeit anrief. »Matthew, bei aller Freundschaft, wie konntest du sie gehen lassen? Ich weiß, dass du nichts von der Idee gehalten hast, aber dass du so weit gehen würdest ...«

»Sie kommt am Montagmorgen um zehn Uhr«, teilte Matthew ihm ohne jegliche Emotion in der Stimme mit.

Nathan hielt inne.

»Ich dachte, du würdest sie wegschicken«, meinte er schließlich merklich ruhiger.

»Das wollte ich auch«, gestand Matthew. »Aber sie wollte nicht gehen. Selbst dann nicht, als ich ihr sagte, was genau du von ihr erwartest.«

Ein Lächeln zog an Nathans Mundwinkel, ließ seine Narbe schmerzen. Er hatte es gewusst. Sie besaß eine Stärke, die er ihr beim ersten Anblick angesehen hatte.

»Matt ... Danke.«

Matthew murmelte nur etwas Unverständliches, ehe er auflegte.

Kapitel 3

»Ich werde dich leider nicht mehr so oft besuchen können, aber ich ruf dich ganz oft an und so oft ich es schaffe, komme ich vorbei und wenn die Behandlung vorbei ist und du entlassen wirst und das Jahr rum ist …«

Ihr Vater griff nach ihrer Hand und brachte sie damit zum Schweigen. Emma sah ihn fragend an, als er sie besorgt anschaute.

»Und das ist wirklich ein guter Job, ja? Es ist nichts Illegales oder …«

»Papa, natürlich nicht. Es ist ein guter Job und ich werde gut bezahlt.«

»Dafür musst du nur ans andere Ende des Landes ziehen«, wiederholte ihr Vater die Lüge, die sie ihm aufgetischt hatte. Emma wusste nicht, ob er ihr wirklich glaubte. Er behauptete stets, sie könne nicht lügen und ihr Leben lang hatte er auch stets jede Schwindelei erkannt. Vielleicht war dies aber auch eine Lüge, die er glauben wollte: Emma hatte behauptet, eine gute Stelle in einer staatlichen Bibliothek in Schottland erhalten zu haben. Zwar nur auf ein Jahr befristet, aber mit hervorragender Vergütung.

Vielleicht hatte er wirklich nicht gesehen, wie ihre Mundwinkel bei diesen Worten leicht gezuckt hatten, vielleicht hatte er es auch einfach nicht sehen wollen. Sie tat es für ihn, das musste sie sich nur immer wieder sagen, wenn die Zweifel sie erneut packten. Sie tat es für ihn und sie würde noch viel mehr tun, wenn sie ihrem Vater damit die nötige Behandlung bezahlen konnte.

Was war schon ein Jahr? Ein Jahr ging schnell vorbei und danach hätten sie genug Geld, um in ihr altes Leben zurückzukehren. Alles würde wieder so werden, wie es vor der Erkrankung ihres Vaters gewesen war.

»Ich ruf dich an, sobald ich angekommen bin«, versprach sie und küsste zum Abschied seine Wange. Ihr Vater drückte noch einmal ihre Hand.

»Ich bin stolz auf dich, Emma, das weißt du, nicht wahr?«

Ein Kloß schnürte ihr die Kehle zu. Sie nickte nur und zwang sich zu einem Lächeln, ehe sie sein Zimmer verließ.

»Miss Sullivan?«

Emma nickte und sah zu dem älteren Mann auf, der ihr gerade die Tür öffnete. Sie hatte nicht erwartet, mit einer Limousine abgeholt zu werden. Während der Fahrt aus der Londoner Innenstadt hierher in die Außenbezirke hatte ihr Magen sich nervös zusammengezogen. Mehrmals hatte sie ihre Hände an ihrem Rock abgewischt, aber schon spürte sie, wie sich erneut ein feiner Schweißfilm auf ihnen bildete.

»Guten Morgen, Mr. ...«

»Nennen Sie mich doch bitte einfach Theodore, Miss Sullivan. Wenn Sie bitte eintreten möchten.« Er trat zur Seite und bedeutete Emma, herein zu kommen. Der Fahrer der Limousine trug die Tasche, in die sie ihre Habseligkeiten gepackt hatte und reichte sie dem älteren Butler.

»Oh, bitte, lassen Sie mich ...«

Theodore winkte ab, als Emma ihm die Tasche abnehmen wollte.

»Ich würde meinen Job äußerst schlecht machen, wenn ich Ihnen erlauben würde, Ihr Gepäck selbst zu tragen.« Er schmunzelte und um seine Augen bildeten sich kleine Lachfältchen.

»Folgen Sie mir bitte«, forderte Theodore sie auf und ging voran. Emma sah sich in der Eingangshalle der Villa um. Der moderne Bau, der sich vor der Außenwelt hinter hohen Mauern und Zäunen versteckte, zeigte auch im Inneren eine Vorliebe für Stein und Metall. Kühle, klare Linien dominierten alles um sie herum.

»Ich werde Ihnen nachher das Anwesen zeigen, zunächst jedoch wurde ich darum gebeten, Sie direkt ins Esszimmer zu bringen.« Theodore stellte ihre Tasche vor einer dunklen Holztür ab und öffnete diese. Emma trat an ihm vorbei und ging in das Esszimmer. Ein großer, schwarzer Tisch stand in der Mitte, sechs mit schwarzem Leder bezogene Stühle standen zu beiden Seiten des Tisches, zwei weitere an den Kopfenden.

Theodore ging auf den Tisch zu und räusperte sich, um Emmas Aufmerksamkeit zu erhalten. Als sie zu ihm sah, erkannte sie, dass der Butler einen Streifen Stoff in der Hand hielt.

»Ihnen wurde bereits erklärt, dass Sie *ihn* nicht sehen dürfen?«

Emma nickte. Plötzlich wurde ihr Mund entsetzlich trocken. Wie angewurzelt blieb sie stehen und sah auf den schwarzen Stoffstreifen in Theodores Hand. Sie wusste nicht, weshalb sie überrascht war, jetzt schon damit konfrontiert zu werden. Deshalb war sie doch hier. Vielleicht lag es einfach daran, dass der Butler mit einer solchen Selbstverständlichkeit mit dem Thema umging. Gerade so, als führe er dieses Gespräch nicht zum ersten Mal.

»Ich werde Ihnen diese Augenbinde anlegen und ihm dann gleich Bescheid sagen, dass Sie da sind. Ihnen sind auch die anderen Regeln bekannt? Sie dürfen ihn nicht berühren, ihn nicht nach seinem Namen fragen.«

»Ja«, flüsterte Emma und sah noch immer auf die Augenbinde in Theodores Hand. Dieser schwieg einen langen Moment, bis Emma den Blick zu seinen Augen hob.

»Sie müssen sich nicht fürchten, Miss Sullivan. Ich kann verstehen, dass diese Situation etwas ... nun, verstörend auf Sie wirken muss. Ich möchte Sie noch daran erinnern, dass Sie laut Vertrag jederzeit von selbigem zurücktreten können. Wenn Sie es sich also noch anders überlegen wollen ...«

»Nein«, sagte sie hastig und räusperte sich. Sie spürte, wie ihr die Hitze in die Wangen stieg. »Ich ... es ist nur etwas ungewohnt, wie Sie schon sagten. Ich bin ein wenig nervös, das ist alles.«

Theodore nickte und trat hinter sie, um ihr die Augenbinde umzulegen.

»Er ist kein Unmensch, das versichere ich ihnen.« Theodore legte eine Hand auf ihre Schulter und drückte sie aufmunternd. »Er ist lediglich ... nun, er verlangt, dass seinen Forderungen umgehend Folge geleistet wird. Tun Sie dies und halten sich an seine Regeln, dann werden Sie sehen, dass er niemand ist, vor dem Sie sich fürchten müssen.« Er trat einen Schritt von ihr zurück. Er hatte gut reden, doch Emma nickte nur leicht. Was sollte sie auch sagen? Dass sie kurz davor war, einen Rückzieher zu machen? Das konnte sie nicht. Sie brauchte das Geld, ihr Vater brauchte die Behandlung. Sie würde es durchstehen.

»Wenn Ihre Unterhaltung beendet ist, finden Sie mich in der Küche. Das ist die Tür rechts von Ihnen.« Theodores Schritte entfernten sich von ihr und sie hörte, wie die Tür hinter ihm geschlossen wurde.

Emma hörte ihn, wie er den Raum hinter ihr betrat. Ihr Herzschlag beschleunigte sich, als sie seine Schritte auf dem Marmorboden vernahm. Ihre Zungenspitze glitt über ihre plötzlich trockenen Lippen. Sie war nicht nervös, versuchte sie sich selbst zu überzeugen und scheiterte kläglich. Sie war im Haus eines Fremden, hatte sich ihm für das kommende Jahr gänzlich ausgeliefert. Nicht einmal sehen konnte sie ihn, die Augenbinde hüllte ihre Welt in vollkommene Dunkelheit. Wie sollte sie nicht nervös sein?

»Du warst pünktlich. Das gefällt mir.« Seine Stimme war tief und ruhig. Er klang, als habe er diese Situation schon unzählige Male hinter sich gebracht. Emma wusste nicht, ob sie das beruhigen sollte, oder nicht. Sie öffnete den Mund, um etwas zu sagen, schloss ihn dann aber wieder. Erwartete er überhaupt eine Antwort von ihr?

»Ich habe in einer halben Stunde noch eine wichtige Telefonkonferenz und daher nicht viel Zeit. Nach dem Mittagessen möchte ich mich ausführlicher mit dir unterhalten.« Er blieb vor ihr stehen und auch wenn sie ihn nicht sehen konnte, hob Emma automatisch den Kopf. Sie schätzte ihn einen guten Kopf größer als sich. Erneut fragte sie sich, weshalb sie ihn nicht sehen durfte. Was hatte er zu verheimlichen?

»Einige grundlegende Dinge möchte ich allerdings bereits jetzt mit dir besprechen. Das heißt, wenn du die Stelle noch immer willst.«

»Das tue ich«, sagte sie schnell und räusperte sich, als sie hörte, wie atemlos sie klang.

»Gut.« Er zog das Wort in die Länge. »Ich habe einige Fragen an dich. Zu deinem eigenen Wohl solltest du sie mir ehrlich beantworten.«

Seine Stimme sandte Schauer über ihren Rücken. Erschrocken über sich selbst erkannte Emma, dass diese keineswegs unangenehm waren.

»Bist du noch Jungfrau?«

»Nein.« Es gelang ihr, das Zittern aus ihrer Stimme zu verbannen und sie versuchte, ihr rasendes Herz zu beruhigen. Fragen. Mehr oder weniger harmlose Fragen. Sie würde ja wohl noch ein paar Fragen beantworten können.

»Mit wie vielen Männern hattest du bisher Sex?« Er hörte sich näher an, aber das konnte nicht sein. Dann hätte sie seine Schritte hören müssen. Doch im nächsten Augenblick spürte sie seine Finger auf ihrer Schulter. Erschrocken zuckte sie zusammen, während sie ihm antwortete. »Drei. Ich habe mit drei Männern geschlafen.«

Seine Hand glitt unter den Träger ihres Kleides, schob es langsam über ihre Schulter. Emma zitterte leicht, als seine Fingerspitzen über den Ausschnitt des Kleides strichen. Obwohl er ihre Haut kaum berührte, war sie sich dieser Berührung bewusster, als sie es je zuvor gewesen war. Auch den zweiten Träger streifte er über ihre Schulter, ehe seine Hand erneut über ihren Ausschnitt strich.

Ihr Herz schlug nun noch schneller in ihrer Brust. Daran, es zu beruhigen, verschwendete sie keinen Gedanken mehr. Emma bemühte sich lediglich darum, sich ihre Nervosität nicht zu sehr anmerken zu lassen. Sie spürte, wie er das Kleid über ihre Brust zog. Als er es losließ, fiel es zu Boden und ließ Emma einen zarten Lufthauch auf ihrer Haut spüren.

Sie schluckte den Kloß herunter, der sich in ihrem Hals bildete. Es war nicht viel gewesen, das geblümte Sommerkleid, dass sie am Morgen angezogen hatte, aber es war mehr gewesen als die Unterwäsche, die nun als einziges zwischen seinen Augen und ihrer Nacktheit stand.

Er schwieg länger, als es ihren Nerven guttat. Was, wenn sie ihm doch nicht gefiel? Wenn er sie wieder wegschicken würde? Sie brauchte das Geld, das er ihr bot. Wenn sie wenigstens sein Gesicht hätte sehen können. Wenn sie nur wüsste, woran er in diesem Augenblick dachte.

»Oralsex?«

Was?« Ihre Stimme war schrill und sie spürte, wie ihr die Hitze in die Wangen schoss.

»Ich fragte, ob du Erfahrungen mit Oralsex hast.«

Emma kämpfte gegen das Bedürfnis an, erleichtert auszuatmen. Für einen Augenblick hatte sie befürchtet, ihre Gedanken ausgesprochen zu haben.

»Ich ... äh ... ja«, stotterte sie, als sie die Frage beantwortete und fuhr noch einmal mit der Zunge über die Lippen. Sie hatte eingewilligt, jederzeit mit ihm Sex zu haben, sie sollte sich nicht schon von ein paar Fragen aus der Fassung bringen lassen.

»Was ist mit Analsex?«

»Nein.« Ihre Stimme klang nicht ängstlich, versicherte sie sich, während ihr Gesicht glühte. Oh Gott, sie hatte die Sache nicht wirklich bis zu Ende durchgedacht. Ganz und gar nicht. Weshalb hatte sie nicht alle Eventualitäten in Betracht gezogen, als sie der Sache zugestimmt hatte? Sie erinnerte sich wieder, weshalb und verscheuchte den Gedanken hastig. Sie war nervös genug, auch ohne sich ihre Sorgen um ihren Vater ins Gedächtnis zu rufen.

»Zieh dich aus, ich will dich ganz sehen.«

Ein nervöses Flattern brach in ihrem Magen aus, als sie mit zittrigen Händen hinter ihren Rücken griff und ihren BH öffnete. Als sie ihn zu Boden fallen ließ, hielt sie den Atem an, doch keine Reaktion drang zu ihr durch. Unsicher zog sie ihren Slip aus und trat aus ihm heraus. Was sollte sie mit ihren Händen tun? Sie versuchte, sich nicht zu verstecken, konnte sie aber auch nicht einfach an ihrer Seite halten.

»Du stehst direkt vor dem Tisch, setz dich auf ihn.« Seine Stimme kam ihr noch dunkler vor als bisher. Das Flattern in ihrem Bauch wurde stärker. Emma trat einen Schritt zurück, bis sie die Tischplatte an ihrem Po spürte. Mit den Händen stützte sie sich ab und zog sich hoch, bis sie auf der Kante zum Sitzen kam.

»Lehn dich zurück.« Seine Schritte kamen näher, als Emma sich langsam nach hinten sinken ließ, bis ihr Rücken auf der Tischplatte ruhte. Als eine Hand nach ihrem Knöchel griff, zuckte sie zusammen und zog hörbar die Luft ein. Er sagte nichts, hob nur ihre Füße an, bis sie auf dem Tisch stehen konnten und spreizte dabei ihre Beine.

Emma versuchte nicht darüber nachzudenken, dass er nun alles von ihr sehen konnte. Sie hörte seinen Atem, ruhig und gleichmäßig. Ganz im Gegensatz zu ihrem.

»Ich will sehen, wie du mit dir spielst.«

Einen Moment lang zögerte sie, unsicher, ob sie ihn richtig verstanden hatte.

»Sag nicht, du hast dich noch nie selbst ...«

»Doch. Natürlich.« Emma unterbrach ihn hastig und fuhr sich mit der Zunge über die Lippen. Natürlich hatte sie sich schon selbst befriedigt, aber dabei hatte sie nie jemand beobachtet und sie war davor nie so aufgewühlt, so entsetzlich nervös gewesen. Sie atmete tief durch und versuchte, sich zu beruhigen. Da sie ohnehin nichts sehen konnte, durfte es doch nicht so schwer sein, sich vorzustellen, an einem anderen Ort zu sein. Wie zu Hause in ihrer Wohnung, in ihrem eigenen Bett. Allein.

Ein weiteres Mal atmete sie tief ein und aus, ehe sie langsam begann, über ihren Brustansatz zu streicheln. Beinahe augenblicklich spürte sie die Gänsehaut, die sich unter ihren Fingerspitzen bildete. *Beruhig dich, Emma. Du bist allein in deinem Bett. Niemand sieht dich. Niemand sieht, was du hier tust.*

Es half nichts. Sie hörte noch immer seinen Atem, spürte geradezu seine Blicke auf ihrem Körper. Ihre linke Hand, die eben noch ruhig auf ihrem Bauch gelegen hatte, begann um ihren Nabel zu kreisen, tiefer zu gleiten und die Innenseite ihrer Schenkel zu streicheln.

Er sah sie an. Sie spürte es, auch wenn sie nichts sehen konnte, obwohl er kein Wort sagte. Seine Blicke glitten über ihren Körper, über ihre Brüste, die sich mit ihrem unruhigen Atem hoben und senkten. Er sah ihre Brustwarzen, die unter den Berührungen ihrer Finger hart wurden und stolz emporragten.

Er sah die Gänsehaut, die sich auf ihrem Körper ausbreitete, sah das Zittern, das sie ergriff. Ihre Linke malte mit federleichten Berührungen Muster auf ihre Schenkel, tänzelte über ihre Haut und hielt sich stets einen Hauch von ihrem Schoß entfernt.

Emma stellte sich vor, wie er vor ihr stand, sein Blick zwischen ihre Beine gerichtet. Ob er darauf wartete, dass sie in sich eindrang? Ob er darüber nachdachte, es nicht doch selbst zu tun?

Sie hatte wirklich den Verstand verloren. Sie lag vollkommen entblößt vor einem Fremden, den sie nicht einmal zu Gesicht bekommen hatte, und streichelte ihren eigenen Körper, weil er es von ihr verlangt hatte.

Ihr Atem kam schneller. Das Zittern wurde stärker. Ob er es auch sah? Bemerkte er, wie es ihr gelang, sich selbst zu erregen? Obwohl sie wusste, dass sie nicht allein war?

Vielleicht gerade deswegen. Emma biss sich auf die Lippen und verscheuchte diesen unfreiwilligen Gedanken. Sie tat, was sie tun musste. Nicht mehr und nicht weniger.

Mit diesem Gedanken strich sie über ihre Scham und konnte ein Seufzen nicht unterdrücken. Mit den Fingern glitt sie sanft vor und zurück, fuhr mit einer hauchzarten Bewegung ihres Daumens über ihren Kitzler und spürte, wie ihr Körper sofort darauf reagierte.

Es war einfach zu lange her, seit sie das letzte Mal überhaupt an Sex gedacht hatte, rechtfertigte sie ihre eigene Reaktion, als sich ihr Unterleib zusammenzog. Noch einmal streichelte sie ihren Kitzler und ihre Hüften zuckten vor Lust. Wenn sie mit den Fingern zwischen ihre Schamlippen gleiten würde, könnte sie ihre heiße Feuchtigkeit spüren.

Ihre Beine fielen von selbst auseinander, legten ihre intimste Stelle seinem Blick weiter frei. Emma spürte die kühle Luft an ihrer feuchten Öffnung.

Sie sollte sich schämen, sich derart preiszugeben, doch sie konnte nicht anders, als mit Zeigefinger und Mittelfinger ihre Schamlippen zu öffnen. Ein heißeres Stöhnen entfloh ihren Lippen, als sie mit zwei Fingern ihrer rechten Hand in sich eindrang. Langsam bewegte sie sie, streichelte sich und presste dabei den Daumen auf ihren Kitzler. Ihr Rücken hob sich von der Tischplatte, bis nur noch ihre Schultern und ihr Po darauf ruhten.

Hände umfassten ihre Füße, schoben sie weiter auseinander. Er stand direkt vor ihr. Ihr Unterleib pochte bei dem Gedanken daran, und statt sich erschrocken zurückzuziehen, entfuhr Emma ein weiteres Stöhnen.

Es gefällt dir. Zunächst glaubte sie, er habe mit ihr gesprochen, doch es waren nur ihre eigenen Gedanken gewesen. Sie zitterte, versuchte auch diesen Gedanken weit von sich zu weisen. Denken war in diesem Augenblick das letzte, was sie tun wollte. Später. Später konnte sie sich darüber Gedanken machen, wie schamlos sie sich gerade benahm. Jetzt wollte sie nur das Gefühl genießen, dass sie sich selbst bereitete.

Sie bewegte sich schneller, drängte ihre Hüften und ihre Hände aneinander, rieb ihren Kitzler immer hastiger. Tief in sich spürte sie, wie sie sich dem Höhepunkt näherte.

»Noch nicht.« Seine Hand schloss sich um ihre, hielt sie fest, verhinderte, dass sie sich weiter streicheln konnte. Emma stöhnte aus Protest.

»Du kommst nicht, solange ich es dir nicht erlaube.«

Meinte er das ernst? Sie war so nah, konnte den Höhepunkt

doch schon beinahe spüren. Jetzt lag sie zitternd da, ihr Geschlecht zog sich um ihre Finger zusammen, aber jedes Mal, wenn sie versuchte, diese zu bewegen, schloss sich seine Hand fester um ihre. Emma wimmerte vor Verlangen.

Er zog ihre beiden Hände zurück und legte sie auf die Kante des Tisches. Ihre Fingernägel gruben sich in das Holz. Gott verdammt, sie hatte es verdient, wenigstens kommen zu dürfen, wenn sie sich schon derart vor ihm bloßstellen musste.

Gerade, als sie ihren Mund öffnete, um ihm dies zu sagen, spürte sie seine Finger an ihren Schamlippen. Schon um ihre Knöchel und um ihre Hand hatten sie sich stark und groß angefühlt, aber jetzt, im direkten Vergleich zu ihren eigenen schlanken Händen ... Emma unterdrückte ein Stöhnen, als er mit einem festen Stoß zwei Finger bis zu den Knöcheln in sie schob. Er begann, seine Finger in einem schnellen, gleichmäßigen Rhythmus zu bewegen, raus und rein. Jeder Stoß war fester, sogar tiefer, so schien es ihr, als zuvor. Und wieder erinnerte er sie daran, dass sie noch nicht zum Höhepunkt kommen dürfte. Emma versuchte, sich zurückzuhalten, die Lust, die in ihren Lenden pochte, zu unterdrücken.

»Ich kann nicht mehr«, keuchte sie schließlich, als er auch noch begann, ihren Kitzler zu streicheln. Ihre Beine zitterten entsetzlich, ihre Hände klammerten sich verzweifelt an der Tischplatte fest. Sie brauchte Erlösung. Jetzt.

»Bitte ...«

Plötzlich zog er seine Hand zurück und ließ sie mit der qualvollen Lust gänzlich allein. Emma stöhnte und hob eine ihrer Hände, um sich selbst Erlösung zu verschaffen. Sofort unterband er dies und drückte ihre Hand zurück an die Tischkante.

»Bitte«, wimmerte sie erneut und hob ihre Hüften, ohne darüber nachzudenken, was sie tat.

»Bitte, was?«

Bitte nimm mich, schoss es ihr durch den Kopf, doch sie konnte sich nicht dazu bringen, die Worte auszusprechen.

»Ich kann nicht mehr«, murmelte sie und ließ ihre Fingernägel tiefer in das Holz des Tisches schlagen. Sie wollte die Beine schließen, die Schenkel aneinander reiben, um irgendwie zum Höhepunkt zu kommen, doch seine Hände griffen nach ihren Knien und hielten ihre Beine mühelos auseinander.

»Du hast keine zehn Minuten mehr, bevor ich weg muss, Emma. Sag mir, was du willst, oder warte hier, bis ich wiederkomme. Ich sage dir aber gleich, dass die Telefonkonferenz für zwei Stunden angesetzt ist.«

Ihr Geschlecht pochte vor ungestilltem Verlangen. Sie konnte keinen Augenblick mehr warten, geschweige denn Stunden.

»Bitte ...«

»Du sprichst zu leise«, unterbrach er sie sofort. Emma tat einen zittrigen Atemzug, ehe sie erneut ansetzte.

»Bitte lass mich kommen«, sagte sie laut und deutlich. Seine Hände strichen von ihren Knien über die Innenseite ihrer Schenkel. Emma erschauderte unter seiner Berührung. Es war fast genug, um sie zum Orgasmus zu treiben. Fast.

»Wie?«

»Nimm mich. Bitte.« Alle Scham war verschwunden, ihr Verlangen kontrollierte sie vollständig und ließ sie vergessen, dass sie sich einem Fremden derart unverschämt anbot.

Er blieb still und sie lauschte angestrengt nach jedem kleinen Geräusch, einem einzigen Hinweis nur darauf, was er tun würde. Schließlich hörte sie Metall klappern, Stoff leise rascheln. Dann waren seine Hände an ihren Hüften, zogen sie näher an den Rand der Tischplatte. Sie spürte ihn, wie er sich gegen ihre heiße Öffnung presste und als er mit einem einzigen Stoß komplett in sie eindrang, bäumte Emma sich auf und stöhnte wollüstig auf.

»Noch nicht, Emma«, ermahnte er sie erneut und Emma wusste nicht, wie viel mehr sie noch ertragen konnte, ehe sich ihr Körper der anwachsenden Lust einfach ergeben musste.

Erst jetzt hörte sie, dass sein Atem schneller ging. Emma fragte sich, ob er sich selbst dermaßen unter Kontrolle hatte, wie er es von ihr verlangte, dass er sich nicht früher verraten hatte. Seine Härte, die sie mit schnellen Stößen immer wieder ausfüllte, bestätigte ihre Vermutung. Als sich ihre Muskeln wieder und wieder um ihn zusammenzogen, spürte sie, dass nicht nur sie kurz davor war, ihren Höhepunkt zu erreichen. Doch er schien nicht nur ihr diese Erlösung zu untersagen, sondern auch sich selbst.

Ihre Nägel kratzten über die Tischkante, ihr Stöhnen erfüllte den Raum. Jeden Augenblick, jeden Augenblick wäre es soweit.

Er drang schneller in sie ein, hielt ihre Hüften noch fester und presste sich schließlich mit einem leisen Stöhnen ganz an ihren Schoß. Emma spürte das Pulsieren, fühlte, wie es auf ihren Körper überging und sie fester umschloss.

»Jetzt«, stöhnte er und stieß ein letztes Mal tief in ihren Körper, als er seinen Samen in ihr ergoss. Emma schrie, als sie ihren Höhepunkt erreichte, ob aus Gehorsam, oder weil sie es einfach nicht länger hatte aushalten können, war ihr einerlei. Sie warf den Kopf in den Nacken und krallte sich fester an den Tisch, während ihr Körper erbebte. Noch immer zogen sich ihre Muskeln um ihn zusammen, ihre Beine zitterten vor Erschöpfung.

Als er sich von ihr zurückzog, fühlte sie sich seltsam leer und kalt. Gänsehaut bildete sich wieder auf ihrem Körper, auch wenn diese keiner Erregung geschuldet war. Zitternd und mit laut klopfendem Herzen lag sie da.

»Du hast meine Erwartungen übertroffen, Emma. Lass dir von Theodore deine Zimmer zeigen. In zwei Stunden reden wir darüber, was dich das nächste Jahr über erwartet.«

Emma wagte nicht, sich zu rühren. Sie hörte, wie sich seine Schritte entfernten. Eine Tür wurde geöffnet, wieder geschlossen. Sie atmete langsam aus und griff mit einer unsicheren Handbewegung zu ihrer Augenbinde.

Das Licht blendete sie und sie brauchte einen Moment, um sich an die Helligkeit zu gewöhnen. Sie war allein. Langsam glitt sie vom Tisch, hielt sich an der Kante fest, als ihre Beine ihr noch nicht sofort gehorchen wollten. Sie würde nicht darüber nachdenken, was sie gerade getan hatte, schwor sie sich, als sie sich wieder anzog und in die Küche zu Theodore ging.

Kapitel 4

Sie war noch besser, als er es sich vorgestellt hatte. Nathan saß vor seinem Monitor und starrte blind auf sein Postfach mit eingehenden Mails. Vor seinem inneren Auge sah er noch immer, wie Emma sich auf dem Esszimmertisch wandte, wie sie ihre Hüften seinen Fingern entgegendrängte, ihn bat, sie zu nehmen.

Er hätte noch Stunden mit ihr verbringen können. Hätte sich liebend gern die Kleidung vom Leib gerissen und wäre wieder und wieder in sie eingedrungen. Er wollte sehen, wie sich ihr Körper wölbte, wenn er sie in jeder nur möglichen Position nahm, wollte fühlen, wie sich ihre Lippen um seine Erektion anfühlen würden, wie sich ihr jungfräulicher Anus langsam um ihn weiten würde.

Aber die Arbeit wartete auf ihn und er hatte nur wenig Zeit für sie gehabt. Das nächste Mal wollte er sich Zeit lassen können, wollte jedes Seufzen, jedes Stöhnen von ihr auskosten. Er hatte sie richtig eingeschätzt. Emma Sullivan wusste nicht, wie sie ihre Gefühle verbergen konnte. Was ihr in der Welt da draußen sicherlich von Nachteil war, machte sie für ihn unglaublich wertvoll. Er war dieser ganzen Möchtegernschauspielerinnen so überdrüssig. Ein falsches Stöhnen erkannte er, sobald eine Frau nur dazu ansetzte und er war es leid, sie zu hören. Er wollte wissen, dass sie seine Berührung tatsächlich so sehr genoss, dass sie nicht länger an sich halten konnte.

Emma Sullivan würde nie vortäuschen etwas zu genießen, was sie nicht wirklich tat. Wenn sie unter seinen Händen erschaudern würde, dann deshalb, weil sie seine Berührung tatsächlich erregte. Als er sie nackt vor sich gesehen hatte, hätte er sie am liebsten sofort über den Tisch gebeugt und sie von hinten genommen, während er ihre Pobacken mit seinen Handflächen in ein sattes Rot verwandelt hätte. Doch sie war so angespannt, so nervös. Für einen Augenblick war er nicht sicher gewesen, ob sie nicht sofort kehrt machen und weglaufen würde.

Heute Morgen hatte sie nur einen Vorgeschmack darauf erhalten, was sie in den nächsten Monaten erwarten würde. Noch bevor der Tag vorüber war, würde er erneut erleben, wie es sich anfühlte, in ihr zu sein, würde wieder ihre Lustschreie hören, während er sie zum Höhepunkt trieb.

Das schrille Klingeln seines Telefons riss ihn aus seinen Gedanken. Wieso nur hatte er diese Telefonkonferenz nicht auf den nächsten Tag verschoben? Mit der linken Hand presste er gegen die Erektion, die sich schmerzhaft gegen den Stoff seiner Hose drückte, während er das Gespräch annahm.

Emma wusste, dass ihr Kopf regelrecht glühen musste, während sie sich von Theodore die Villa zeigen ließ. In jedem Raum erklärte er ihr die vorhandenen Geräte, ausnahmslos Designerstücke, die teilweise recht verzwickte Eigenarten aufwiesen, wie die Waschmaschine, die nur über bestimmte Tastenkombinationen zu bedienen war. In der Küche zeigte er ihr darüber hinaus den im Kühlschrank integrierten Computer, über den sie die Einkäufe erledigen konnte.

»Der Computer ist mit einem Feinkostladen vier Blocks weiter verbunden. Ein Mitarbeiter bringt die Einkäufe noch am selben Tag vorbei, wenn die Bestellung am Vormittag eingeht.« Theodore demonstrierte ihr die Funktion am Computer und sah sie aus den Augenwinkeln heraus an.

»Ich gehe davon aus, dass Mr. Emerson Ihnen erklärt hat, dass Sie das Haus nur in Ausnahmefällen und nach vorheriger Absprache verlassen können? Da unser Arbeitgeber selbst das

Haus nie verlässt, erwartet er, dass Sie ihm die meiste Zeit über hier zur Verfügung stehen.«

Emma nickte kurz. »Mr. Emerson sagte mir, dass mein Kontakt zur Außenwelt stark eingeschränkt sein würde. Das ist kein Problem für mich.« Sie zögerte, bemühte sich um eine ruhige Stimme. »Solange ich nur ab und an mit meinem Vater telefonieren darf? Ich sagte ihm, ich wäre für ein Jahr weg, ich würde ihn nur gern hin und wieder hören.«

»Sie können jederzeit mit ihrem Vater telefonieren«, versicherte Theodore ihr und Emma seufzte erleichtert.

Als Theodore sie schließlich in ein helles, im Vergleich des restlichen Anwesens überaus freundlich eingerichteten Schlafzimmers führte, schwirrte ihr der Kopf.

»Das hier ist Ihr Zimmer, Miss Sullivan. Ich habe mir erlaubt, Ihre Tasche bereits hier abzustellen. Die Tür dort führt in Ihr Badezimmer. Richten Sie sich bitte so ein, wie es Ihnen beliebt. Dies sind außerdem die einzigen Räume, die *er* nie aufsuchen wird.«

Emma verstand, was Theodore ihr damit sagen wollte, und die Röte stieg ihr erneut in die Wangen. Dass der Butler so unbekümmert damit umgehen konnte, dass sie vor weniger als einer Stunde mit seinem Arbeitgeber Sex im Esszimmer gehabt hatte, verwirrte sie. Sie wagte gar nicht daran zu denken, was Theodore in diesem Haus schon alles miterlebt hatte.

»Wenn Sie möchten, können Sie sich ein wenig frisch machen. Ich bereite ein leichtes Mittagessen vor und rufe Sie, wenn es fertig ist.«

»Vielen Dank.«

Theodore nickte und wandte sich schon zum Gehen, als Emma ihn noch einmal rief.

»Isst er mit?«

»Hin und wieder. Meistens arbeitet er jedoch von früh bis spät. Dann müssen Sie ihm das Essen ins Arbeitszimmer bringen. Heute hat er allerdings eine Telefonkonferenz, die wohl bis in die Nachmittagsstunden andauern wird.«

Emma versuchte, sich ihre Erleichterung nicht anmerken

zu lassen. Als sie allein war, machte sie sich daran, ihre Tasche auszupacken. Sie musste sich beschäftigen, sich ablenken, um nicht daran zu denken, was im Esszimmer geschehen war.

Als sie ihre Sachen verstaut hatte, ging sie ins Bad. Sie brauchte eine Dusche, hoffte, damit ihre Nerven beruhigen zu können. Für einen Moment hielt sie inne, als sie die freistehende Badewanne mit Klauenfüßen entdeckte. Fast war sie versucht, statt einer schnellen Dusche doch ein ausgiebiges Bad zu nehmen, doch sie wollte Theodore nicht zu lange warten lassen. Aber ein Bad am Abend klang himmlisch und wäre auch sicher für ihre Nerven das Richtige.

»Darf ich Sie etwas fragen?«

Theodore sah von seinem Teller auf und nickte Emma zu.

»Ich bin mir nicht ganz sicher, was von mir erwartet wird. Ich meine, ich habe schon verstanden, *was* von mir erwartet wird … im Großen und Ganzen … Ich meine eher, ich verstehe nicht recht, wieso ich hier bin, also weshalb er …« Emma hielt inne, legte die Gabel neben den Teller und atmete tief durch. Sie versuchte, ihre Gedanken zu ordnen, hoffte, dass dann auch ihre Worte mehr Sinn machen würden. Als sie nach der Serviette griff, bemerkte sie, dass ihre Hand zitterte.

»Sie wollen wissen, weshalb er eine solche Stelle ausgeschrieben hat und sie dafür ausgewählt hat?«

»Ja.« Emma sah Theodore erleichtert an.

»Ich fürchte, ich kann Ihnen keine Antwort darauf geben, da müssten Sie ihn schon selbst fragen.«

Emma schluckte und griff wieder zu ihrer Gabel. Ihr Appetit war in den Wochen, die ihr Vater nun schon im Krankenhaus verbrachte, stetig gesunken und ihre Nervosität half ihr in diesem Augenblick nicht dabei, diese Situation zu verbessern. Sie spürte Theodores Blick auf sich ruhen, als sie nur wenige, kleine Bissen zu sich nahm.

»Er ist kein Unmensch«, meinte Theodore schließlich und

wartete, bis Emma den Kopf hob und ihn ansah. »Wenn es das ist, worüber Sie sich Sorgen machen. Er ist streng und erwartet Perfektion – von anderen und von sich selbst. Sie sollten nicht erwarten, in ihm Ihren neuen besten Freund zu finden. Aber er ist fair. So lange Sie seine Regeln befolgen und die Ihnen übertragenen Arbeiten ordentlich erledigen, werden Sie keinen Grund zur Klage haben.« Er hielt einen Moment inne, sah sie eindringlich an. »Was Ihre weitergehende Vereinbarung mit ihm angeht, kann ich Ihnen selbstverständlich keine Informationen aus erster Hand bieten. Ich kann mich aber darin wiederholen, dass ich Ihnen versichere, dass er kein Unmensch ist.«

Emma fühlte, wie ihr das Blut in die Wangen schoss. Sie spannte die Schultern an und die Gabel klapperte gegen den Teller, als ihre Hand erneut zu zittern begann. Theodore redete darüber, als wäre diese weitergehende Vereinbarung, wie er es dezent nannte, etwas vollkommen Normales.

»Sie haben keinen Grund, sich vor ihm zu fürchten. Ich gehe davon aus, dass das Ihre größte Sorge ist.«

Emma nickte zögernd. Nachdem die beiden einige Minuten schweigend weitergegessen hatten, wagte sie, Theodore eine weitere Frage zu stellen. »Geht er tatsächlich nie aus dem Haus? Niemals?«

»Niemals«, bestätigte Theodore und schüttelte den Kopf, als Emma den Mund öffnete. »Nein, ich kann Ihnen nicht sagen, wieso. Er hat diese Entscheidung getroffen und hält daran fest. Er hat seine Gründe, und Miss Sullivan, ich rate Ihnen, diese nicht zu hinterfragen.« Theodore warf ihr einen kurzen Blick zu und lächelte schwach. »Ich nehme an, Sie haben ebenfalls Ihre Gründe, diesen Job angenommen zu haben. Weder er noch ich werden Sie danach fragen. Sehen Sie es als gegenseitiges Übereinkommen an, dieses Nichtnachfragen zu erwidern.« Theodore tupfte sich mit der Serviette die Lippen ab und erhob sich von seinem Platz. Überrascht stellte Emma fest, dass der Butler seinen Teller gänzlich geleert hatte. So lange war ihr die Zeit gar nicht vorgekommen, während derer sie hier gesessen haben.

»Sie sind fertig?«

Emma nickte, ihr Mund zu trocken, um zu antworten. Sie wollte aufstehen, und Theodore beim Abräumen helfen, doch er hob abwehrend eine Hand.

»Bleiben Sie nur sitzen, Miss Sullivan. Wie wäre es noch mit einer Tasse Tee? Der beruhigt die Nerven.«

Ehe sie antworten konnte, ging Theodore in die Küche und kehrte bereits kurze Zeit später mit einer Tasse Tee für sie zurück.

»Es geht doch nichts über einen guten, englischen Tee. Ich habe immer eine Kanne in der Küche bereit stehen. Bitte, trinken Sie, Miss Sullivan. Ich habe mir erlaubt, Ihnen einen Schluck Rum hineinzugeben.«

Emma nahm die Tasse dankbar entgegen. Der Tee dampfte und das Aroma stieg ihr direkt in die Nase. Earl Grey mit einem Schuss Rum und etwas Milch. Die Dankbarkeit musste ihr ins Gesicht geschrieben stehen, denn Theodore lachte leise.

»Wenn Sie ausgetrunken haben, erwartet er Sie. Ich bringe Sie zu ihm, wenn Sie soweit sind.«

Emma hob die Tasse an ihre Lippen und hoffte, die heiße Flüssigkeit würde ihre Nerven beruhigen. Sie erinnerte sich an seine tiefe Stimme, an die Berührung seiner Finger auf ihrer Haut. Vor allem aber daran, wie sie ihn angefleht hatte, sie zu nehmen. Sie wusste, dass die Hitze, die sich in ihr ausbreitete, nicht allein dem Tee oder dem Rum darin geschuldet war, wollte jedoch gern glauben, dass man beides zumindest für die Röte in ihrem Gesicht verantwortlich machen konnte.

Theodore ließ sie allein und kehrte in die Küche zurück. An der Tür blieb er stehen und wandte sich noch einmal zu ihr um. Als er ihren Namen rief, schnellte ihr Kopf hoch und sie traf seinen Blick, schob ihre Gedanken beiseite.

»Machen Sie sich nicht so viele Gedanken und seien Sie einfach Sie selbst.«

Emma schluckte und nickte langsam. Um Theodores Willen rang sie sich ein kleines Lächeln ab.

»Danke Theodore.«

»Ist sie im Wohnzimmer?«

Theodore nickte und Nathan war schon dabei, sich zur Tür zu wenden und seinen Butler im Flur zurückzulassen, als ihm dessen angespannter Gesichtsausdruck auffiel.

»Ich weiß, es steht mir nicht zu, Ihre Entscheidung in Frage zu stellen, Mr. Blackbourne. Es ist nur … Miss Sullivan wirkt sehr angespannt und nervös.«

»Ich würde mir mehr Gedanken machen, wenn sie es nicht wäre«, entgegnete Nathan und betrat das Wohnzimmer. Sie stand neben der Couch, die Hände vor dem Bauch verschränkt, ihm zugewandt. Nathan beobachtete sie, während er die Tür hinter sich ins Schloss zog. Sie zuckte zusammen, versuchte, es zu überspielen. Er sah, wie sie die Schultern straffte, sich mit der Zunge über die Lippen fuhr. Er hatte diese Geste schon hundertfach gesehen, doch erst bei Emma war er überzeugt davon, dass es keine Berechnung war, die sie dazu brachte. Er glaubte sogar, dass sie sich nicht einmal bewusst war, was sie tat, wie sehr diese kleine, in ihrem Fall tatsächlich unschuldige Geste ihrer Zunge ihn erregen konnte.

»Setz dich.«

Sie zögerte einen winzigen Augenblick, ehe sie mit der rechten Hand nach der Armlehne der Couch suchte, bevor sie sich setzte.

Nathan durchquerte langsam den Raum und nahm neben ihr Platz. Noch gönnte er ihr die vermeintliche Sicherheit, die ein wenig Abstand zwischen ihnen für sie bedeuten mochte. Er lehnte sich zurück, legte den linken Arm auf die Rückenlehne der Couch und betrachtete Emma schweigend.

Sie saß vollkommen reglos da, die Hände im Schoß gefaltet. Das geblümte Sommerkleid, das sie trug, ließ sie noch unschuldiger wirken. Dabei hatte sie ihm schon vor einigen Stunden bewiesen, dass sie nicht unschuldig war. Nathan war gespannt herauszufinden, wie viel von ihrer anscheinenden Unschuld sie im nächsten Jahr noch verlieren würde – und wie sehr sie es genießen würde.

»Wir sollten uns in Ruhe unterhalten.« Nathan beobachtete

sie, während sie ihren Kopf weiter in seine Richtung drehte. Ihre Schultern entspannten sich leicht, als sie ausatmete.

»Ich will wissen, was du glaubst, dass dich im nächsten Jahr erwartet. Ich will mit dir darüber reden, inwieweit deine Erwartungen der Wahrheit entsprechen und inwieweit du dich irrst. Also?«

»Ich muss zugeben, ich habe mir nicht allzu viele Gedanken darüber gemacht, was mich erwarten wird. Mr. Emerson hat mir die Regeln erklärt, oder zumindest die wohl wichtigsten Regeln. Ich hielt es für sinnlos, mir darüber hinaus Gedanken über das nächste Jahr zu machen. Es wären ja doch nur wilde Spekulationen gewesen.«

Ihm gefiel ihre Art zu denken. Sie machte sich keine unnötigen Sorgen oder steigerte sich in etwas hinein, zu dem sie zu wenige Informationen hatte. Erneut sah er sich in seiner Wahl bestätigt.

»Nenn mir die Regeln, die du von Matthew erhalten hast«, forderte Nathan sie auf. Er streckte die Hand nach ihrem Haar aus, wickelte sich eine Strähne um die Finger, ließ sie zwischen Daumen und Zeigefinger hindurchgleiten und auf ihre Schulter fallen. Er hörte, wie Emma die Luft anhielt. Ahnte sie überhaupt, wie perfekt sie war? Er griff nach ihrem Kinn, hob ihren Kopf etwas an. Sie zitterte leicht unter seiner Berührung.

»Ich darf dich nicht sehen, berühren, oder deinen Namen erfahren. Ich habe dir zu gehorchen.«

»Mhm«, stimmte er leise zu.

»Ich ... darf ich etwas fragen?« Erneut fuhr ihre Zunge über ihre Lippen.

»Frag.« Ob er ihre Frage beantworten würde, stand auf einem anderen Blatt.

»Wie soll ich dich nennen? Ich meine, irgendwie muss ich dich doch nennen, wenn ich deinen Namen nicht wissen darf, oder nicht?« Ihre Lippen glänzten feucht. Nathan fuhr mit dem Daumen darüber.

»Herr«, antwortete er ihr knapp und beobachtete ihr Gesicht. Blut schoss in ihren Kopf und sie schluckte. Wenn sie noch irgendeinen Zweifel über ihre künftige Beziehung zueinander gehabt hatte, hatte er sie gerade zerstreut.

»Hast du das verstanden?«, fragte er und ließ seinen Daumen etwas fester über ihre Lippen streichen, wartete darauf, dass sie ihren Mund öffnen würde.

»Ja.« Es war nur ein heißeres Flüstern. Nicht gut genug.

»Emma, wenn ich dir eine Frage stelle, erwarte ich eine deutliche Antwort. Und nachdem du schon gefragt hast, wie du mich nennen sollst, tu es auch.« Seine Stimme war eine Spur kühler geworden. Emmas Schultern spannten sich an.

»Also, hast du verstanden?«, fragte er erneut, erhöhte den Druck auf ihre Lippen. Emma räusperte sich leise. Nathan hörte, wie ihr Atem schneller wurde.

»Ja«, ihre Stimme zitterte, sie räusperte sich erneut, setzte wieder an, »Ja, Herr.«

Nathan ließ seinen Daumen über ihre geöffneten Lippen gleiten, presste ihn gegen ihre Zunge. Er hätte liebend gern gewusst, was in diesem Augenblick in ihrem Kopf vorging. Als er den Finger zurückzog, ließ sie ihren Mund geöffnet. Ein Lächeln stahl sich auf seine Lippen.

»Gut.« Die Kälte war aus seiner Stimme verschwunden. Nathan lehnte sich wieder zurück. »Es tut mir leid, dass ich heute Vormittag nur so wenig Zeit für dich hatte.« Er genoss es, ihre Reaktion zu sehen. Die Röte breitete sich von ihrem Gesicht über ihren Hals aus, bedeckte ihr Dekolleté. »Dafür haben wir jetzt umso mehr davon und die sollten wir ausnutzen. Es gibt noch einiges, was ich dir erklären will, danach kannst du all deine Fragen loswerden, so lange sie nicht um meine Person gehen, werde ich sie dir beantworten.«

Sein Blick fiel auf ihre rechte Hand, die nicht länger in ihrem Schoß ruhte, sondern mit dem Saum ihres Kleides spielte, wo dieses auf der Couch auflag. Als er eine Hand nach ihrer ausstreckte, ließ sie den Stoff durch ihre Finger gleiten und ließ ihn ihre Hand zu sich ziehen. Er hielt sie fest, legte seine Hand auf sein Bein und fuhr mit den Fingern seiner freien Hand über ihre Handfläche.

»Ich verlange mehr von dir, als Gehorsam, Emma, viel mehr. Ich verlange auch, dass du vollkommen ehrlich zu mir bist und, was wohl am schwierigsten sein wird, dass du mir vertraust.«

»Ich verstehe nicht, vertrauen ...«

»Es ist eine Sache, mit einem Fremden ins Bett zu gehen, tausende und abertausende von Menschen werden das heute Abend wieder tun, wenn sie sich in Clubs und Bars einen One-Night-Stand aufgabeln.« Seine Hand schloss sich um ihr Handgelenk. »Aber dich erwartet hier kein One-Night-Stand mit Blümchensex. Ich verlange Gehorsam von dir, aber um mir diesen zu geben, musst du mir vertrauen können. Auch wenn du dir keine Gedanken darüber gemacht hast, was dich erwartet, dürftest dir bewusst sein, oder Matt hat es deutlich gemacht, dass ich mehr von dir erwarte, als dass du dich hinlegst, die Beine für mich breitmachst und mich fünf Minuten lang über dich drüber rutschen lässt.«

»Okay.«

Er konnte hören, wie sie versuchte, ihre Stimme stärker klingen zu lassen, als sie sich fühlte.

»Du kannst jederzeit von dem Vertrag zurücktreten, wenn du merkst, dass es für dich zu viel wird.«

Emma nickte leicht, presste die Lippen aufeinander. Nein, sie würde nicht zurücktreten, das hatte er schon gewusst, als sie Matts Büro betreten hatte.

»Du hast außerdem jederzeit zwei Möglichkeiten, mir unmissverständlich klar zu machen, wenn du dich unwohl fühlst. Blau und Rot sind deine Safewords. Wenn du eins von ihnen sagst, weiß ich, dass etwas nicht stimmt. Blau bedeutet, dass du dich unwohl fühlst mit etwas, was wir tun, dass du nicht weißt, ob es dir gefallen wird, ich langsamer machen muss, vorsichtiger sein muss«, sein Griff um ihr Handgelenk lockerte sich und er streichelte mit dem Daumen über die Stelle, an der er ihren Puls fühlte.

»Rot bedeutet, dass selbst diese Schwelle überschritten ist und wir sofort abbrechen. Diese Worte sind wichtig, Emma, hast du das verstanden?«

»Ja, Herr.« Ihre Hand zitterte leicht in seiner. Ihre Finger begannen mehrmals, sich zu schließen, ließen es dann doch bleiben, als wisse sie nicht recht, was sie mit ihrer Hand tun sollte.

»Ich muss dir vertrauen, dass du dich an diese Worte hältst? Meinst du das?«

»Nicht nur. Du musst mir auch vertrauen, dass ich dir nicht schaden will«, erklärte er. »Du musst darauf vertrauen, dass ich immer dein Wohl und deine Befriedigung im Blick habe. Das solltest du immer wissen, Emma«, er hob ihre Hand und küsste ihre Handfläche, »von allem, was ich tue, bin ich überzeugt, dass es dir Lust bereitet. Du magst das nicht immer glauben, ich gehe sogar davon aus, dass du mich in den meisten Fällen zunächst für verrückt halten wirst. Du sollst mir darin vertrauen, dass ich weiß, was ich tue, dass ich nicht zu viel von dir verlange und dass du es wenigstens ausprobierst, bevor du die Entscheidung triffst, dass dir etwas wirklich nicht gefällt. So wie heute Morgen«, seine Stimme wurde weicher, er ließ ihre Hand los und sah zu, wie sie sie langsam zurückzog, aber neben sich auf der Couch liegen ließ, die Handfläche nach oben, als warte sie auf seine erneute Berührung.

»Hast du dich schon einmal in Anwesenheit eines anderen Menschen selbst befriedigt?« Er beobachtete, wie ihr Atem schneller ging, ihr Busen sich rascher hob und senkte. Emma schüttelte den Kopf.

»Ich kann dich nicht hören.«

»Nein. Nein, Herr, habe ich nicht.« Rote Flecken breiteten sich auf ihrem Dekolleté aus. Die Richtung, die diese Unterhaltung einschlug, machte sie nervös. Wenn Nathan sich nicht völlig irrte, erregte sie dies ebenso. Es gab nur einen Weg herauszufinden, ob er richtig lag. Er musste die Unterhaltung einfach weiterführen.

»Und von dir aus hättest du es auch nicht getan, oder?«

»Nein, Herr«, bestätigte Emma. Nathans Blick hing auf ihrem Ausschnitt. Sie atmete noch schneller, wurde noch roter.

»Aber es hat dir gefallen.« Keine Frage, eine Feststellung. Als er sie aussprach, war seine Stimme so weich wie frischgeschmolzene Schokolade. Das leichte Zittern, das ihren Körper erfasste, entging ihm nicht, erst recht nicht, wie ihre Zunge erneut auf diese betörende Weise über ihre Lippen strich. Sie brauchte fast zu lange. Nathan wollte sie gerade auffordern, ihm zu antworten, als sie es von sich aus tat.

»Ja, Herr.« Sie klang heißer, atemlos.

»Ja, was, Emma?«

Sie zog die Luft ein, schluckte, versuchte anscheinend, ruhiger zu atmen.

»Ja, es hat mir gefallen.«

Nathan streckte eine Hand aus und strich über ihr Dekolleté. Er genoss den Anblick der Gänsehaut, die sich unter seiner Berührung bildete.

»Was hat dir gefallen?«

»Zu wissen, dass du mir zusiehst«, antwortete sie ohne zu zögern. Sein Blick schoss zu ihrem Gesicht hoch. Ihre Lippen waren leicht geöffnet, glänzten feucht, lockten geradezu. Ihre Wangen waren feuerrot.

»Es hat dich erregt«, stellte er fest und rückte näher zu ihr, bis sein Knie ihren Oberschenkel berührte.

»Ja, Herr, hat es«, flüsterte Emma, doch Nathan ließ es ihr dieses Mal durchgehen. Ihre Stimme verriet ihm, dass sie in Gedanken wieder auf dem Esszimmertisch lag, nackt, sich selbst berührte, zum Orgasmus trieb, bis er ihr verbat, zu kommen.

Er legte eine Hand auf ihr Knie, ließ sie am Saum ihres Rockes liegen.

»Hast du dich jemals zuvor einem Mann unterworfen? Ihn darüber entscheiden lassen, ob du kommen darfst, oder nicht?« Er ahnte die Antwort, wollte sie aber dennoch hören. Zwar war sie keine Jungfrau mehr, aber er war sich sicher, dass sie seinen Vorlieben gegenüber gänzlich unerfahren war.

»Nein, habe ich nicht«, bestätigte sie seine Vermutung.

»Aber es hat dir gefallen.«

Dieses Mal zögerte sie.

»Emma«, forderte Nathan sie zu einer Antwort heraus, als sie einige Minuten geschwiegen hatte.

※

Es war eine Sache zuzugeben, dass es nicht unangenehm gewesen war, sich vor seinen Augen zu befriedigen. Es war eine gänzlich andere, zu gestehen, dass es sie ebenfalls erregt hatte, als er derart die Kontrolle übernommen hatte. Sicherlich war das eine nur in Verbindung mit dem anderen möglich gewesen. Sie war zu dem Zeitpunkt so kurz davor gewesen, zu kommen. Dass er ihren Orgasmus hinausgezögert hatte, hatte sie natürlich weiter erregt. Aber hatte es ihr deswegen gefallen? Sicher nicht.

Sie dachte daran, wie sie ihn angefleht hatte, sie zu nehmen, ihr den Orgasmus zu geben, den sie so dringend gebraucht hatte. Sie erinnerte sich daran, wie er in sie eingedrungen war, ihren Bitten nachgegeben hatte.

»Emma«, seine Stimme sandte Schauer über ihren Rücken. Ihr Knie schien in Flammen zu stehen, die Hitze, die die Berührung seiner Hand ausstrahlte, zog durch ihren Körper, dabei glaubte sie schon, innerlich zu verbrennen. Sie konnte kaum glauben, dass sie schon wieder so stark auf ihn reagierte. Als seine Hand unter ihren Rock glitt, seufzte sie leise und öffnete ihre Beine ein wenig weiter. Bald würde er spüren, wie erregt sie war.

»Ja, Herr, hat es«, gestand sie schließlich und spürte, wie ihr bei der Erinnerung daran, wie er in sie eingedrungen war, noch heißer wurde.

»Es ... es hat mir gefallen, dass du mir verboten hattest zu kommen, dass ich dich bitten musste, kommen zu dürfen.« Als sie die Worte aussprach, erkannte sie die Wahrheit in ihnen. Es hatte ihr tatsächlich gefallen. Im nächsten Moment spürte sie seine Hand an ihrem Slip, fühlte, wie er mit dem Daumen gegen den feuchten Stoff presste.

Sie hatte eindeutig zu lange keinen Sex gehabt, eine andere vernünftige Erklärung gab es einfach nicht dafür, wie sie sich gerade verhielt.

Er schwieg und das einzige Geräusch, das an Emmas Ohren drang war ihr eigener unregelmäßiger Atem. Sein Daumen fuhr ihre Schamlippen entlang, presste den feuchten Stoff ihres Slips gegen ihre Haut und Emmas Beine zitterten, als sie dagegen ankämpfte, die Schenkel zusammenzupressen.

»Du wirst auch jetzt nicht kommen, ehe ich es dir erlaube, Emma«, befahl er ihr und ließ seine Finger unter ihren Slip gleiten. Ein Stöhnen entkam ihr, als er mühelos mit zwei Fingern in sie eindrang, während sein Daumen über ihren Kitzler streichelte.

»Du wirst lernen, dass deine Befriedigung ganz in meinen Händen liegt. Du wirst dich nie selbst berühren, wenn ich es dir nicht ausdrücklich erlaubt habe, tust du es doch, muss ich dich bestrafen.« Sein Daumen drückte fester gegen ihren Kitzler und Emmas Hüften drängten sich ihm entgegen.

»Hast du das verstanden, Emma?«

»Ja, Herr«, sagte sie und gab den Versuch auf, ihrer Stimme Ruhe zu verleihen.

»Du wirst mich darum bitten, kommen zu dürfen und warten, bis ich es dir gestatte.«

Seine Finger bewegten sich schneller in ihr.

»Ja, Herr.«

Im nächsten Augenblick zog er seine Finger aus ihr und stand von der Couch auf. Emma versuchte, ihr rasendes Herz zu beruhigen und das Verlangen in ihrem Inneren zu unterdrücken. Ihre Finger zuckten und sie versuchte, sie in der Couch zu vergraben, um nicht der Verlockung zu erliegen und sich selbst zu berühren.

Er beobachtete sie, das wusste sie. Sobald sie eine Hand zwischen ihre Beine gleiten ließe, würde er sie bestrafen.

Sie lauschte auf seine Schritte und versuchte einzuschätzen, wohin er sich bewegte. Eine Schublade wurde geöffnet, wieder geschlossen.

»Steh auf und zieh dich aus«, befahl er ihr von der anderen Seite des Raumes. Emma fragte sich einen Augenblick lang, was aus seiner Behauptung geworden war, dass sie sich unterhalten sollten, doch sie kam seiner Anordnung ohne zu zögern nach und ließ ihre Kleidung zu ihren Füßen fallen.

Seine Schritte näherten sich ihr. Seine Knöchel strichen zwischen ihren Brüsten hinab zu ihrem Bauch, ließen sie zittern. Er nahm ihre Hand und kehrte zur Couch zurück.

»Setz dich«, sagte er, doch statt sie auf den Platz neben sich setzen zu lassen, den sie eben noch innegehabt hatte, zog er sie auf seinen Schoß, mit dem Rücken zu sich, und zog sie an seine Brust. Er saß breitbeinig auf der Couch und Emma, deren Beine über seinen lagen, saß vollkommen entblößt auf ihm und spürte die kühle Luft an ihrer heißen Scham.

Sein linker Arm legte sich über ihren Bauch, hielt sie fest an sich gedrückt und Emma konnte seine wachsende Erektion an ihrem Hintern durch seine Hose hindurch spüren. Seine freie Hand strich über ihren Hals, ließ sie langsam den Kopf in den Nacken und gegen seine Schulter lehnen, ehe sie tiefer glitt, zwischen ihren Brüsten verweilte.

»Sag, Emma, hast du schon jemals Sexspielzeug benutzt?«

Ein Augenblick des Schweigens. Emma schluckte.

»Nein, Herr«, gab sie schließlich zu und fragte sich, was genau er aus der Schublade auf der anderen Seite des Raumes geholt hatte. Seine Hand streichelte ihre Brust, umschloss die linke völlig und begann sie zu kneten. Emma seufzte und ließ ihren Kopf ein wenig weiter nach hinten fallen. Ihre Lippen öffneten sich leicht, als seine Finger mit ihrer Brustwarze zu spielen begannen. Er rieb mit dem Zeigefinger darüber, streichelte sie, kniff sie gerade so fest zwischen Daumen und Zeigefinger, dass Emma hörbar die Luft einzog und den Rücken durchdrückte. Er drückte etwas fester, zog einmal an ihr und ließ Emma aufstöhnen, ehe er ihre Brust erneut mit sanftem Kneten verwöhnte. Seine Finger kehrten bald wieder zu ihrer Brustwarze zurück, drückten erneut ein wenig fester, nur einen Augenblick lang, bevor er sie aus seinem Griff entließ. Diese kurzen Augenblicke des Schmerzes durchfuhren sie wie ein Blitzschlag, der direkt zwischen ihre Beine traf.

Als er das nächste Mal an ihrer Brustwarze zog, keuchte Emma und bäumte sich auf. Erst jetzt bemerkte sie, dass sein Arm um ihren Bauch verschwunden war.

»Ruhig, Emma, wir fangen gerade erst an«, warnte er sie und

ließ die Hand von ihrer Brust fallen. Dann bedeckte er beide Brüste mit seinen Händen, hob sie an und im nächsten Augenblick durchfuhr ein unbekannter Schmerz ihre Brustwarzen, der langsam zu einem pochenden Druck abebbte.

Emma stöhnte und spürte zu ihrer größten Verwunderung, wie sich die Muskeln in ihrem Inneren zusammenzogen und der Schmerz aus ihrer Brust pure Lust zwischen ihre Beine sandte.

»Oh Gott«, keuchte sie.

»Du wirst dich gleich daran gewöhnen«, sagte er und streichelte mit den Fingern über ihre Brust, scheinbar darauf bedacht, nicht in die Nähe ihrer Brustwarzen zu kommen.

»Was... ist das?«, keuchte Emma, auch wenn sie eine vage Vermutung hatte. Sie hatte diese kleinen Klammern schon einmal gesehen, doch sie wäre nie im Traum auf den Gedanken gekommen, sie je zu benutzen und sie hätte auch nie geglaubt, dass sie in der Lage waren, so zu schmerzen und gleichzeitig ... so erregend zu sein.

»Nippelklemmen«, bestätigte er ihre Vermutung und strich nun mit dem Daumen über die, die er an ihrer rechten Brust befestigt hatte. Emma stöhnte und versuchte instinktiv, vor seiner Berührung zu entkommen.

»Wie fühlen sie sich an, Emma?«

War das eine Fangfrage?

»Sie tun weh«, presste sie zwischen den Zähnen heraus, während er noch einmal mit dem Finger dagegen stieß.

»Sehr?«

Emma öffnete den Mund, um die Frage zu bejahen, hielt dann jedoch inne und atmete tief durch. Die Bewegung ließ sie die Klemmen nur noch stärker spüren.

»Es ist zu ertragen«, sagte sie schließlich aufrichtig.

»Mhm«, gab er unverfänglich von sich und rief nun auch die Klemme an der linken Brust wieder in Erinnerung.

»Ist es nur zu ertragen oder gefällt es dir sogar?«

Emma wusste nicht, was sie darauf antworten sollte und schüttelte verwirrt den Kopf.

»Ich ... verstehe nicht ... Herr.«

Er zog gleichzeitig an beiden Klemmen und Emma bäumte sich auf.

»Die Frage ist einfach, Emma. Gefällt es dir? Empfindest du außer dem Schmerz noch etwas anderes? Erregt es dich?«

Sie öffnete den Mund, um vehement zu verneinen, als seine rechte Hand sich auf ihren Oberschenkel legte.

»Es ist leicht herauszufinden, ob du bei dieser Frage lügst, Emma, also überlege dir deine Antwort gut. Ich weiß genau, wie feucht du warst, bevor ich sie dir angelegt habe. Wenn du mich anlügst, muss ich dich bestrafen. Also, spürst du nur den Schmerz oder mehr?«

»Mehr, Herr«, gab Emma zu und spürte, wie ihr das Blut in den Kopf schoss. Er ließ seine Rechte zwischen ihre Beine gleiten und spielte mit ihren feuchten Schamlippen, während seine Linke ein weiteres Mal an der Klemme zog. Emma spürte, wie er im gleichen Augenblick in sie eindrang. Sie konnte die Reaktion ihres Körpers nicht verheimlichen. Ihre Muskeln schlossen sich um ihn und ihre Hüften stemmten sich ihm gierig entgegen.

»Ich ahnte, dass du sie lieben würdest.«

Emma konnte das leise Lachen in seiner Stimme hören. Sie würde nicht so weit gehen und behaupten, die Nippelklemmen zu lieben, aber so lange er sie nicht berührte, war der dumpfe Schmerz zu ertragen und wenn er doch daran stieß ... nun, sie konnte nicht bestreiten, dass der Schmerz in ihrer Brust sie stetig feuchter werden ließ. Auch wenn sie dies gern getan hätte.

»Denk daran, Emma, du wirst nicht kommen, ohne vorher meine Erlaubnis erhalten zu haben.«

Sie erinnerte sich daran, sie erinnerte sich auch daran, wie sie am Morgen darum gebeten hatte, kommen zu dürfen. Emma fragte sich jedoch, wieso er diese Warnung jetzt wiederholte.

»Sag, wann hattest du vor heute Morgen das letzte Mal Sex?«, fragte er, während seine Finger weiterhin über ihre Schamlippen fuhren.

»Vor ... etwas über einem Jahr.« Sie war froh über die Augenbinde, die verhinderte, dass sie seine Reaktion auf dieses

Geständnis sah. Sie bezweifelte, dass er einen einzigen sexlosen Tag kannte, geschweige denn über 365 davon.

»Aber du hast dich im letzten Jahr selbst befriedigt?«

Einer seiner Finger glitt langsam mit der Spitze in sie hinein, hielt inne, zog sich wieder heraus, drang erneut einige Zentimeter in sie ein.

»Ja, Herr.« Sie versuchte, ihre Hüften zu heben, ihn dazu zu bringen, tiefer in sie einzudringen, doch sein Arm war wieder um ihren Bauch geschlungen und hielt sie fest an sich gedrückt, hinderte sie daran, sich ihm entgegen zu recken. Stattdessen wurde sie fester an seinen Schoß zurück gedrängt. Er änderte leicht seine Position auf der Couch, setzte sich breitbeiniger hin und zwang Emma dadurch, ihre Beine noch weiter zu öffnen.

»Hast du dir dabei vorgestellt, wie ein Mann dich mit seinen Fingern zum Orgasmus bringt?«

»Ja, Herr.«

Sein Finger drang tiefer in sie ein, doch es war noch lange nicht genug.

»Mit seiner Zunge?«

»J-ja, Herr«, sagte Emma zögernder. Ein zweiter Finger begann ihre Schamlippen zu spreizen. Er rieb über die Muskeln in ihrem Schoß, bewegte seine Finger unendlich langsam in ihr.

»Mit seinem Penis?«

»Ja, Herr«, keuchte Emma und ihre Beine zitterten.

»Wie?«, fragte er und zog seine Finger fast gänzlich aus ihr heraus, was Emma ein protestierendes Stöhnen entlockte.

»Wie hast du dir vorgestellt, dass er dich nimmt, während du dich selbst befriedigt hast? Langsam? Vorsichtig?« Er ließ seine Finger seine Worte betonen, schob sie erneut elendig langsam in sie hinein, streichelte sie, hielt still, während sich ihre Muskeln um ihn schlossen.

»Emma?«

»Nein«, gab sie leise zu und vergrub die Finger in der Couch zu beiden Seiten seiner Beine.

»Wie denn?«

»Ich … ich habe mir vorgestellt, dass mich ein Mann hart nehmen würde, dass er fest und tief in mich stoßen würde.«

»So wie heute Morgen?«

»Ja, Herr«, bestätigte sie und hielt still, hoffte, dass er sie endlich zum Höhepunkt treiben würde. Stattdessen zog er seine Finger gänzlich aus ihr heraus. Emma hörte das schmatzende Geräusch, das ihre feuchten Schamlippen verursachten und versuchte instinktiv, die Beine zu schließen. Er verhinderte dies mit Leichtigkeit, indem er seine Beine ein weiteres Stück öffnete.

»Es würde dir also gefallen, wenn dich ein Mann lecken würde?«

»Ja, Herr, wenn er es kann.« Sie hatte es einmal mit einem Freund versucht, die Sache war aber zu einem Fiasko geworden. Emmas Neugierde darüber, wie es sich anfühlen würde, hatte dies jedoch keinen Abbruch getan.

Sie hörte sein leises Lachen dicht an ihrem Ohr.

Seine feuchten Finger strichen über ihre Lippen und Emma zuckte erschrocken zusammen.

»Öffne den Mund, Emma«, befahl er und Emma schluckte, ehe sie tat, was er von ihr verlangte. So langsam, wie er in ihre Scheide eingedrungen war, ließ er seine Finger nun zwischen ihre Lippen gleiten.

»Leck sie, Emma, mach sie sauber und sag mir anschließend, wie du schmeckst.«

Sie spannte sich unwillkürlich an, ließ jedoch ihre Zunge langsam über seine Finger gleiten. Ihr eigener Geruch drang ihr in die Nase, lag ihr auf der Zunge. Er schob seine Finger weiter in ihren Mund, wartete darauf, dass sie jeden Tropfen ihrer eigenen Erregung von seiner Haut geleckt hatte. Nachdem er seine Finger aus ihrem Mund gezogen hatte, ließ er seine Hand erneut zwischen ihre Schenkel fallen, fuhr mit den Fingerspitzen einmal mehr über ihre Schamlippen.

»Wie schmeckst du?«, fragte er leise und stieß mit dem Zeigefinger tief in sie hinein. Emma stöhnte, versuchte, sich aufzubäumen.

»Gut«, gab sie zu, und als er den Finger aus ihr zog und an

ihre Lippen hielt, öffnete sie bereitwillig den Mund, um ihn wieder abzulecken. Als er seine Hand diesmal zwischen ihre Beine brachte, ergriff er ihre Hand und ließ sie mit ihren eigenen Fingern ihren Saft aufsammeln.

»Tief, Emma, steck sie tief in deine Scheide«, raunte er ihr zu und Emma tat, wie ihr geheißen. Als sie die Finger herauszog, hielt er noch immer ihre Hand fest und führte sie an seinen eigenen Mund.

Emma zog hörbar die Luft ein, als sie spürte, wie er mit seiner Zunge anfing, ihre Finger zu lecken. Er löste den Griff um ihre Hand und Emma hielt ihm ihre Finger weiterhin entgegen, während seine freie Hand erneut zu ihrer Scham glitt und er begann, mit ihrem Kitzler zu spielen.

Seine linke Hand streichelte ihren Bauch in einem so steten Rhythmus, dass es Emma zunächst nicht auffiel, als er sie höher bewegte. Als er an einer der Nippelklemmen zog, während die Finger seiner Rechten ihren Kitzler rieben, schrie sie vor Lust auf.

Ihre Oberschenkel waren längst von ihrem eigenen Nektar benetzt und sie war sicher, auch seine Hose musste unter ihr gelitten haben.

Er hielt sie fest, während sie am ganzen Körper zitterte und rührte sich einen Augenblick lang nicht, bis sie sich soweit beruhigt hatte, dass sie ihren Kopf wieder gegen seine Schulter lehnte.

Seine Hand zwischen ihren Beinen verschwand für einen Augenblick, ehe er etwas Hartes zwischen ihre Schamlippen presste. Es war nicht sehr groß. Zunächst hatte Emma geglaubt, es wäre ein Dildo, doch es war viel kleiner und verschwand mit einem weiteren Stoß von ihm in ihrem Körper. Sie brauchte die Befriedigung so dringend, dass ihre Muskeln sich sofort um den Fremdkörper schlossen.

»Wage es nicht, zu kommen«, ermahnte er sie nur einen Augenblick, ehe das Ding in ihr zu vibrieren begann. Emma schnappte nach Luft, fragte sich, wie sie nicht kommen sollte, wenn sie derart stimuliert wurde.

»Emma«, warnte er erneut mit drohender Stimme und zog an einer der Klemmen auf ihren Brustwarzen. Emma zog die Luft ein, ehe sie laut aufstöhnte. Sie würde es nicht mehr viel länger aushalten. Das wusste sie. Ein Wimmern entkam ihrer Kehle.

»Bitte«, flüsterte sie und räusperte sich, versuchte, mit lauter und fester Stimme zu sprechen. »Bitte Herr, bitte lass mich kommen.«

»Nein«, war seine knappe Antwort und das Vibrieren wurde noch stärker. Er musste es fernsteuern können, schoss es ihr durch den Kopf, ehe sie erneut dagegen ankämpfen musste, sich dieser Lust nicht hinzugeben.

»Bitte«, stöhnte sie noch einmal, als er die Vibration eine weitere Stufe erhöhte.

»Noch nicht.«

Emma wimmerte, zitterte am ganzen Körper vor Anstrengung. Er zog an beiden Nippelklemmen, die erneut eine Welle dieses süßen Schmerzes direkt zwischen ihre Beine schossen.

»Du bist stärker als das, Emma. Wage es nicht, jetzt schon zu kommen, oder ich werde dich bestrafen müssen.«

Emma keuchte, versuchte, sich in seinem Halt zu winden, sich Erleichterung zu verschaffen. Sie presste sogar ihren Po fester gegen seine wachsende Erektion. Sie musste kommen, sie hielt es nicht mehr lange aus.

»Bitte … Herr … ich kann …«

»Ich sagte, noch nicht.«

Sie fragte sich, ob er wollte, dass sie versagte, ob er sie bestrafen wollte. Aber er könnte doch ohnehin mit ihr tun, was er wollte. Die Vibrationen änderten ihren Rhythmus, wurden zwar langsamer und sanfter, dafür unregelmäßiger, was Emma nur noch mehr verzweifeln ließ. Ein Jahr war eine lange Zeit gewesen und ihre eigenen Berührungen waren nichts gewesen im Vergleich zu dem, was ihr Körper gerade erlebte.

Sie biss sich auf die Lippen. Es würde nicht mehr lange dauern.

Kapitel 5

Er konnte sehen, wie jede Faser ihres Körpers vor Anspannung zitterte. Nathan wusste, dass er sie bald kommen lassen musste. Sie würde es nicht mehr viel länger aushalten, aber er wollte wissen, ob sie bereit war, ihm wirklich zu gehorchen oder seine Regeln vergaß und ignorieren würde, wenn es darum ging, zum Höhepunkt zu kommen.

»Bald, Emma, bald darfst du kommen«, flüsterte er und zog noch einmal an einer der Nippelklemmen. Die Erregung, die sich ihren Weg durch Emmas Körper bahnte, war leicht zu erkennen. Das nächste Mal würde er die Klemmen nehmen, die an einer Kette miteinander verbunden waren. Es machte es sehr viel einfacher, beide Brüste gleichermaßen zu stimulieren, wenn ein Zug genügte. Außerdem ließ sich an der Kette eine dritte Klemme befestigen und er wollte sehen, wie sie sich wand, wenn er eine davon um ihren Kitzler schloss.

Emma stöhnte, wölbte sich ihm entgegen und Nathan kniff die Augen zusammen.

»Noch nicht.«

»Ich kann … nicht mehr …«

»Emma!«

Doch sie ignorierte ihn und er konnte nur noch zusehen, wie sie in seinen Armen kam. Ehe ihr Orgasmus vorüber war, zog er das Vibratorei aus ihrem Körper und löste die Klemmen von ihren Brustwarzen. Sie schien geradezu in sich zusammenzufallen, als ihre Atmung sich langsam normalisierte und ihr Orgasmus abebbte.

»Steh auf«, sagte er kühl und gab ihr kaum die Gelegenheit dazu, selbst auf die noch zittrigen Beine zu gelangen.

»Was habe ich dir gesagt, Emma?«, fragte er, während er sie auf die Beine schob und sich ebenfalls von der Couch erhob.

»Ich ... konnte nicht anders ... es tut mir leid, Herr«, keuchte sie. Ihr Busen hob und senkte sich und die Brustwarzen standen rot und hart empor. Er wusste, die kleinste Berührung würde sie dort nun, kurz nachdem die Klemmen gelöst waren und wieder Blut durch ihre Brustwarzen floss, um den Verstand bringen. Aber für ihre erste Bestrafung wollte er sie nicht zu hart rannehmen. In einem Jahr würden sich für sie viele Möglichkeiten bieten, gegen seine Regeln zu verstoßen und solange sie nicht gegen eine seiner wichtigsten Regeln verstieß, würde er es genießen, sie zu züchtigen und sie daran zu erinnern, was sie falsch gemacht hatte. So wie jetzt.

»Hatte ich dir erlaubt, zu kommen?«, fragte er und trat dicht vor sie.

»Ich ... ich konnte es nicht mehr zurückhalten, Herr. Verzeih bitte.«

Er war sogar fast gewillt, das zu tun, doch sie war nicht nur gegen seinen Befehl gekommen.

»Du hast am Ende selbst entschieden, wann du kommst. Du hättest um Erlaubnis bitten müssen. Stattdessen hattest du die Unverfrorenheit, mir mitzuteilen, dass du kommen würdest.«

Emma schluckte. Sie öffnete die Lippen, fuhr sich schon wieder mit der Zunge darüber und schien etwas sagen zu wollen. Dann schloss sie die Lippen und beugte den Kopf.

»Es tut mir leid, Herr.«

»Noch nicht, aber bald, Emma.«

Sie zitterte kaum merklich bei seinen Worten. Er hoffte, sie erinnerte sich an den Beginn ihrer Unterhaltung. Wenn sie nicht in der Lage war, ihm zu vertrauen, müsste er sie nach Hause schicken. Der Gedanke widerstrebte ihm zutiefst. Er wollte sie nicht wegschicken müssen.

»Dreh dich um.« Als sie ihm den Rücken zugekehrt hatte,

legte er eine Hand zwischen ihre Schulterblätter und drückte leicht darauf.

»Beug dich vor so weit du kannst, stütz die Hände an deinen Knöcheln ab. Spreiz die Beine.«

Ein weiteres Zittern. Nathan hoffte, es war eines voller Erregung. Er wartete darauf, dass sie tat, was er ihr gesagt hatte und trat einen Schritt zurück. Gott, sie war so feucht, ihre Schamlippen glänzten noch immer von ihrem Saft und er konnte deutlich sehen, dass sie geschwollen waren. Am liebsten hätte er sie auf der Stelle genommen. Aber Sex war keine Bestrafung, durfte es nie sein.

Sex war jedes Mal eine Belohnung. Und die hatte sie sich nicht verdient. Er würde sie bestrafen und ihr bis zum Abend die Gelegenheit geben, ihren Fehler wieder gut zu machen.

Er stand einen Moment lang da und sah schweigend auf sie herab. Ungewissheit war mit der schlimmste Teil ihrer Bestrafung und er kostete es aus, ließ sie noch ein wenig länger zittern, bevor er eine Hand auf ihren runden Po legte. Ein Lächeln legte sich auf seine Lippen, als er sah, wie sich ihr Pobacken anspannten. Ob sie sich an seine Frage nach ihrer Erfahrung mit Analsex erinnerte? Ein Teil von ihm war enttäuscht gewesen, als sie nein gesagt hatte. Ein anderer, durchaus größerer Teil, war darüber mehr als erfreut gewesen. Er würde der erste sein, der ihr diese letzte Jungfräulichkeit nahm. Nicht heute, nein, es bedurfte einiger Vorbereitungszeit, bis sie so weit wäre, sein Glied in sich aufzunehmen. Aber diese Vorbereitung würde er genießen und, wenn er Emma richtig einschätzte, sie ebenfalls.

Zunächst würde sie sich verspannen, so, wie sie es jetzt wieder tat. So, wie sie es getan hatte, als er die Nippelklemmen um ihre Brustwarzen geschlossen hatte. Dann aber, das hoffte er zumindest, würde sie lernen, es zu genießen.

»Du verstehst, dass du einen Fehler begangen hast, Emma?«, fragte er und streichelte dabei ihren Hintern.

»Ja, Herr. Ich hätte um Erlaubnis bitten und warten müssen, bis du mich kommen lässt.«

»Dann verstehst du auch, dass du bestraft werden musst, nicht wahr?«

»Ja, Herr.«

»Gut.« Er holte aus und schlug mit der flachen Hand fest auf ihren Hintern. Emma keuchte.

»Du wirst zehn Schläge erhalten. Sieh dies als eine Verwarnung an, Emma, beim nächsten Vergehen wird die Strafe nicht so harmlos sein.«

Der zweite Schlag traf ihre andere Pobacke. Der dritte landete in der Mitte. Jedes Mal hörte er Emma nach Luft schnappen. Beim vierten Schlag, der ihren Hintern langsam in einen leichten Rotton strahlen ließ, klang ihr Keuchen unterdrückt, als bisse sie sich auf die Lippen. Nathan hielt inne, ließ seine Hand locker auf ihrem Hintern liegen und begann, sie mit leicht kreisenden Bewegungen zu streicheln.

»Emma, du wirst mir sagen, wenn dich etwas, was ich tue, erregt. Ich will wissen, wann es dir gefällt, wann du feucht wirst, wann du glaubst, du könntest jeden Augenblick kommen.«

»Ja, Herr.«

Wenn ihn nicht alles täuschte, hatte sie bald Gelegenheit, ihm zu zeigen, dass sie ihm nun gehorchen wollte. Oder sich eine weitere Bestrafung einzufangen. Denn diese schien ihr langsam zu gefallen.

Er schlug zum fünften Mal auf ihren Hintern, sah, wie sie zusammenzuckte und erschauerte. Das Keuchen war einem Wimmern gewichen. Schlag Nummer sechs und sieben kurz aufeinander ließen sie sich aufbäumen und schreien. Er hielt erneut inne, legte seine Hand auf ihren Hintern, ließ sie tiefer gleiten. Nur wenige Zentimeter trennten ihn davon herauszufinden, ob sie ihre Züchtigung zu genießen begann, wie es für ihn den Anschein hatte. Ihr Atem kam stoßweise und sie reckte ihren Hintern seiner Hand entgegen, genoss die sanfte Berührung anscheinend, obwohl ihr Po schmerzen musste.

»Wenn ich dich erst fragen muss, ob es dir gefällt, werden es zehn Schläge mehr, Emma«, warnte er sie und gab ihr einen Augenblick lang Zeit.

»Ich ...«, begann sie und schluckte, als seine Hand tiefer glitt. »Ich bin feucht, Herr«, gab sie rasch zu und ließ den Kopf ein wenig tiefer hängen, als schäme sie sich der Reaktion ihres eigenen Körpers.

»Ich weiß«, sagte er und ließ den nächsten Schlag so tief landen, dass er ihre feuchten Schamlippen dabei berührte. Emma zuckte erschrocken zusammen und schrie auf, ehe Nathan die letzten beiden Schläge wieder auf ihren Pobacken verteilte.

»Wenn ich dich bestraft habe, wirst du dich bei mir dafür bedanken«, erklärte er ihr. »Wenn du denselben Fehler ein weiteres Mal begehst, wird die Bestrafung nicht so milde ausfallen.« Seine Hand strich über ihren Hintern. Er rieb über ihre Pobacken, streichelte die gerötete Haut.

»Nachdem ich nun weiß, dass es für dich keine Strafe ist, den Hintern mit der Hand versohlt zu bekommen, wirst du das nächste Mal den Stock erhalten.«

Emma blieb vollkommen still und er fragte sich, ob sie sich gerade ausmalte, wie sich dieser auf ihrer Haut anfühlen würde. Nathan hatte das Gefühl, dass sie beide nicht allzu lange würden warten müssen, um herauszufinden, ob sie diese Züchtigung ebenfalls erregend finden würde. Zum ersten Mal jedoch gefiel ihm der Gedanke daran, dass eine Frau nicht vollkommen gehorsam war. Es würde das nächste Jahr auf jeden Fall interessanter gestalten.

Emma versuchte, wieder zu Atem zu kommen. Ihr Hintern brannte und sie war sich nicht sicher, ob sie an diesem Tag noch einmal würde darauf sitzen können. Viel schlimmer aber brannte das Wissen, dass sie von dieser Bestrafung erregt wurde. Sie hätte sich darüber ärgern sollen, hätte wütend sein müssen, nicht erregt. Wie hatte es sie erregen können, von ihm derart erniedrigt zu werden?

Als sie gezögert hatte, zuzugeben, dass es ihr gefiel, hatte sie für einen Augenblick gehofft, er würde auf den zehn weiteren

Schlägen bestehen, er würde ihr keine Chance geben. Hitze stieg ihr ins Gesicht.

Und der Gedanke daran, dass er sie beim nächsten Mal mit einem Stock auf den bloßen Hintern schlagen könnte, sollte viel beängstigender für sie sein. Gütiger Himmel, sie war noch keinen Tag bei diesem Mann und schon reagierte ihr Körper vollkommen unkontrolliert.

»Willst du mir nicht etwas sagen?«, fragte er und strich mit seinen Händen weiter über ihren Hintern. Sie mochte seine Hände, musste sie sich eingestehen, der feste Griff, die großen, schlanken Finger, die so mühelos in sie eingedrungen waren, um die sie ihre Zunge gewickelt hatte ...

»Danke, Herr. Danke, dass du mich bestraft hast. Es tut mir leid, dass ich ungehorsam war.«

»Mir fällt es schwer, dir das zu glauben«, hörte sie ihn murmeln und seine Hand glitt zwischen ihre Beine. Emma stöhnte, als er mit drei Fingern in sie drang. Er stieß tief und fest zu, verharrte einen Augenblick in dieser Position, ehe er sich zurückzog.

»Sag mir, wie dankbar du bist, Emma«, forderte er sie auf und Emma runzelte kurz die Stirn. Sie war sich nicht sicher, welche Antwort er von ihr erwartete.

»Herr, ich bin dir sehr dankbar. Du hast mich auf meinen Fehler hingewiesen und mich angemessen bestraft. Ich ... werde es nicht wieder tun«, versprach sie. Sie hörte, wie er um sie herumtrat, vor ihr stehen blieb und ihren Kopf hob.

»Sei vorsichtig mit dem, was du versprichst, Emma. Gebrochene Versprechen fordern ausgesprochen harte Strafen.«

Während ihr Kopf rebellierte, zuckten die Muskeln in ihrem Schoß begierig. Sie fuhr sich mit der Zunge über die trockenen Lippen.

»Wie kann ich dir dann versichern, dass ich meine Lektion gelernt habe, Herr?«

Er schwieg einen Augenblick und Emma fürchtete bereits, etwas Falsches gesagt zu haben, als sie das Klappern seiner Gürtelschnalle hörte.

»Sag mir noch einmal, wie dankbar du bist, Emma«, forderte er und sie hörte seine Hose zu Boden fallen.

»Sehr dankbar, Herr«, flüsterte sie, während er sie bereits an der Schulter sanft auf die Knie drängte.

»Die Hände auf den Rücken, Emma. Wenn du sie nicht von dir aus dort behältst, werde ich dich fesseln müssen.«

Sie legte ihre Arme auf den Rücken und hob den Kopf. Hätte sie nicht die Augenbinde getragen, könnte sie ihn nun ansehen. Seine rechte Hand strich über ihren Kopf, durch ihr Haar, griff hinein und ließ sie den Kopf ein wenig weiter heben.

»Mach den Mund auf«, befahl er und als Emma die Lippen öffnete, spürte sie die Spitze seines Gliedes in sie eindringen. Sie öffnete den Mund weiter, hielt vollkommen still, als er langsam tiefer in sie glitt. Emma ließ ihre Zunge über die Unterseite seines Gliedes streichen und hörte ihn leise seufzen. Der Griff in ihrem Haar wurde fester, jedoch nicht brutal und sie leckte ihn noch einmal.

Er hielt ihren Kopf fest, als er etwa zur Hälfte in ihr war und Emma schloss die Lippen fest um seinen Schaft, saugte langsam und leckte ihn erneut. Er stöhnte und Emma musste es ihm gleichtun. Sein Glied fühlte sich gut an, er roch gut, schmeckte gut und Emma musste zugeben, sie war neugierig, ob dies auch für seinen Samen galt.

Er nahm mehr von ihrem Mund in Besitz und Emma entspannte ihren Kiefer, saugte fester an ihm, um ihm zu zeigen, dass er tiefer in sie eindringen konnte, dass sie bereit war, ihn ganz zu nehmen.

Sie verschränkte die Finger ineinander, um nicht instinktiv die Arme um seine Beine zu schlingen, ihn an seinen Hüften, an seinem Hintern näher an sich zu ziehen. Er bewegte sich noch immer langsam, verharrte einen Augenblick lang vollkommen ruhig in ihr, ehe er sich ganz aus ihr herauszog. Emma hielt ihren Mund geöffnet, bereit, ihn erneut aufzunehmen. Er streichelte mit der freien Hand über ihre Wange, ihr Kinn.

»Wie erfahren bist du bei Oralsex«, fragte er und Emma

genoss den heiseren Ton in seiner Stimme. Sie war nicht die einzige, die erregt war.

»Genug, Herr. Genug, um alles zu nehmen, was du mir gibst.«

»Emma ...«, seine Stimme klang warnend, als wisse sie nicht, was sie da sage.

»Ich bin sehr, sehr dankbar, Herr. Wirklich sehr dankbar.« Emma wusste nicht, was über sie kam, als sie den Kopf vorstreckte und die Lippen um seine Eichel schloss. Sie saugte fest an ihm, ließ die Zunge über die Spitze seines Gliedes gleiten, spielte mit ihm und leckte genussvoll den ersten heißen Tropfen von seiner Spitze. Er zog sie an ihrem Haar zurück und Emma leckte sich die Lippen.

»Dankbar genug, um alles zu nehmen?«

»Ja, Herr.«

Er vergrub beide Hände in ihrem Haar, als er anfing, sie mit gleichmäßigen Stößen zu nehmen. Zunächst langsam, fast vorsichtig, als traue er ihren Worten nicht ganz. Als sie die Lippen fest um ihn schloss, ihn tiefer in sich saugte, stieß er fester zu, tiefer. Emma stöhnte, er tat es ihr gleich. Tief, kehlig murmelte er ihren Namen, während er ihren Mund in Besitz nahm. Immer wieder drang er in sie ein, wurde schneller, verlor seine Rücksicht und Emma dachte an die unzähligen Male, in denen sie zu genau dieser Fantasie masturbiert hatte. Wie ein Mann so von Verlangen überkommen war, dass er sich einfach nahm, was er brauchte.

Sie stöhnte, war sich nicht sicher, ob deswegen, weil er ihren Mund immer weiter ausfüllte und sie seinen Geschmack derart erregend fand, oder weil sie kaum glauben konnte, was sie da dachte.

Fester und schneller stieß er in sie, schob sein Glied über ihre Lippen, ihre Zunge, stöhnte, wenn sie saugte, stieß noch ein wenig fester zu. Emma spürte seine Hoden an ihrem Kinn, wünschte, sie dürfte die Hände danach ausstrecken und sie streicheln, ihn weiter treiben, ihn dazu bringen, in ihr zu kommen.

Er hielt ihren Kopf fest, als seine Bewegungen schneller wurden. Sie stöhnte, rieb die Beine zusammen. Er war heiß und hart in ihrem Mund, Emma spürte, wie das Blut durch seinen Penis pulsierte und spielte weiter mit ihrer Zunge an ihm.

»Alles?«, fragte er noch einmal stöhnend und Emma saugte fest an ihm, bedeutete ihm, dass ja, sie alles wollte, was er ihr in diesem Augenblick geben konnte. Er stöhnte und Emma erkannte, dass er sich noch immer zurückgehalten hatte. Als er seine Hüften gegen ihr Gesicht presste, wieder und wieder, sie an sich zog, fester, tiefer in sie eindrang, bis sie ihn an ihrer Kehle merkte. Sie hatte genug Erfahrung, um sich rechtzeitig vollkommen zu entspannen. Er zog sich fast ganz aus ihr heraus, ließ nur die Eichel zwischen ihren Lippen, dann drang er wieder in sie ein, bis er ganz in ihr lag. Emma stöhnte, ihre Kehle vibrierte um ihn und er stöhnte ebenfalls, nahm sie vollkommen hemmungslos. Ficken, dachte Emma. Hier passte kein anderes Wort mehr, keine Beschönigung, keine Verharmlosung. Er fickte ihren Mund und es erregte sie, wie er sie benutzte. Sie hätte ihm ja gesagt, dass sie schon wieder vollkommen feucht war, aber sie ging davon aus, dass es ihr in dieser Situation erlaubt war, damit zu warten.

Er wurde härter, sein Penis pulsierte stärker in ihr und Emma stöhnte, kurz bevor er tief in sie stieß und sie genauso festhielt, während er in ihr kam.

Sein Sperma rann durch ihren Hals und sie beeilte sich, jeden Tropfen davon zu schlucken, während er versuchte, noch tiefer in sie zu stoßen, als er kam.

Als er sich schließlich langsam von ihr zurückzog, atmete er hörbar schwerer. Emma bemühte sich, jeden Tropfen seines Samens von ihm zu lecken, ehe er zwischen ihren Lippen herausglitt.

»Wirklich sehr dankbar«, murmelte er und zog leicht an ihrem Haar, bis sie den Kopf in den Nacken legte. Was er wohl sah, wenn er sie jetzt ansah? Ihre Lippen waren feucht und sie schmeckte ihn auf ihnen, wenn sie mit der Zunge darüber fuhr. Sie spürte, wie ihr Gesicht heiß wurde und war sich sicher, auch ihr Busen musste von roten Flecken überzogen sein und zwischen ihren Beinen brannte erneut Verlangen auf.

»Herr, ich bin feucht«, flüsterte sie und öffnete leicht die Beine. Er bewegte sich, das konnte sie hören, wenn sie auch noch nicht ausmachen konnte, inwiefern. Sie spürte seine Hand zwischen ihren Beinen, seine Finger an ihrer feuchten Öffnung.

»Und du glaubst, du hast es dir verdient, zu kommen, Emma? Denk gut nach, ehe du antwortest, Emma. Du hast mir nicht gehorcht und wurdest dafür bestraft. Wie wir festgestellt haben, hast du diese Strafe jedoch über die Maßen genossen. Und wie du nun demonstrierst, hast du es auch sehr genossen, dich bei mir zu bedanken.«

Er ließ die Finger in stetem Rhythmus in sie stoßen und Emma konnte ihren Atem kaum beruhigen.

»Also, Emma, glaubst du wirklich, du hättest verdient, kommen zu dürfen?«

»Nein, Herr«, sagte sie mehr, weil sie wusste, dass das die Antwort war, die er von ihr hören wollte, als die, die sie selbst für richtig hielt.

»Nein, hast du in der Tat nicht. Aber ich gebe dir eine Chance, dir einen Orgasmus zu verdienen.«

Sie hörte Schritte. Er ging kurz weg, kam wieder und schien vor ihr in die Hocke zu gehen, denn sie spürte seinen Atem auf dem Gesicht.

»Du darfst weiterhin nicht kommen, ehe ich es dir erlaubt habe. Beweis mir, dass du tatsächlich aus deiner Verfehlung gelernt hast.«

Emma hatte die Arme noch immer hinter dem Rücken, was ihm ihre Brüste entgegenreckte. Sie zog die Luft durch die Zähne hindurch, als er die Nippelklemmen wieder an ihren Brustwarzen befestigte.

»Du wirst sie bis zum Abendessen tragen, Emma. Die Klemmen und ...«

Nein. Sie spürte, wie er das kleine Gerät erneut zwischen ihre Schamlippen presste und hätte am liebsten gewimmert.

»... das Ei. Bis zum Abendessen sind es noch zwei Stunden. Ich werde dich gleich allein lassen, damit du dich wieder anziehen und zu Theodore gehen kannst, der sich mit dir um das Essen kümmern wird. Du solltest dich also wirklich gut benehmen, Emma«, erneut lag ein Lachen in seiner Stimme und Emma spürte, wie die Hitze ihr immer stärker in den Kopf schoss. Sie ahnte, worauf er hinauswollte. Und seine Worte bestätigten ihre Vermutung.

»Du willst doch nicht, dass du vor Theodore einen Orgasmus hast, oder?«

Emma schluckte und schüttelte stumm den Kopf. Der Gedanke, sich derart zu blamieren, war unerträglich.

»Dann streng dich an, Emma. Bis zum Abendessen. Schaffst du es nicht, sagt Theodore mir auf der Stelle Bescheid und ich werde dich bestrafen. Schaffst du es, bekommst du, was du so sehr brauchst.« Seine Finger pressten gegen ihren Kitzler und Emma erschauderte. Der durch das Vibratorei verursachte Orgasmus war kein Vergleich dazu gewesen, wie es sich angefühlt hatte, als er sie am Morgen auf dem Tisch genommen hatte. Und sie war überzeugt davon, dass er das wusste. Sie musste es bis zum Abendessen durchhalten. Sie musste einfach.

Er stand auf, zog sich an und ging zur Tür. Emma wartete darauf, sie hinter ihm ins Schloss fallen zu hören, ehe sie die Augenbinde abnahm. Zum ersten Mal konnte sie die Nippelklemmen sehen und der Anblick sandte neue Lust durch ihren Körper. Im nächsten Augenblick begann das Ei in ihrem Schoß sanft zu brummen. Emma biss die Zähne aufeinander und erhob sich. Als sie zur Couch ging, wo ihre Kleidung lag, erkannte sie noch ein weiteres Problem mit dem Ei. Sie musste ihre Muskeln anspannen, um es in sich zu behalten. Eine Tatsache, die dem Versuch, die Vibrationen zu ignorieren, definitiv kontraproduktiv war.

Sie würde es schaffen, schwor sie sich, als sie sich vorsichtig den Slip anzog. Der BH erwies sich als zu eng um die Klemmen. Der Stoff ihres Kleides war immerhin leicht genug, um nur bei jeder größeren Bewegung spürbar daran zu stoßen. Mit äußerst langsamen Schritten brachte sie ihren BH in ihr Schlafzimmer und kehrte dann in die Küche zu Theodore zurück. Sie verfluchte dabei jede einzelne Treppenstufe, die sie gehen musste.

Kapitel 6

Eine Stunde und siebenunddreißig Minuten bis zum Abendessen. Emma biss die Zähne aufeinander und umklammerte die Kante der Arbeitsfläche. Nur noch eine Stunde und siebenunddreißig Minuten, erinnerte sie sich mit einem flehentlichen Blick auf die Uhr.

»Geht es Ihnen nicht gut, Miss Sullivan?«, fragte Theodore neben ihr, ohne sie anzusehen.

Emma schloss für einen Moment in Augen. Ihre Wangen brannten und sie wäre am liebsten vor Scham im Erdboden versunken. Sie versuchte, ihren Griff um die Arbeitsfläche zu lockern, doch sie war sicher, jetzt das Küchenmesser in die Hand zu nehmen, um das Gemüse kleinzuschneiden, wäre keine gute und vor allem eine äußerst unsichere Idee.

»Mir geht es gut«, presste sie hervor und öffnete langsam die Augen. Was tat sie hier eigentlich? Das wollte sie wirklich ein Jahr lang aushalten? So sollte ihr Leben in den nächsten dreihundertfünfundsechzig Tagen aussehen?

Sie biss sich auf die Lippe, als sie erneut gegen eine Welle der Erregung ankämpfen musste. *Ich sollte es beenden*, dachte sie. *Jetzt und sofort. Augenblicklich. Ich sollte das letzte bisschen Verstand und Anstand zusammenkratzen und mich aus dem Staub machen und vergessen, was hier heute geschehen ist!*

Sie sollte gehen, ihre Sachen packen und das Haus verlassen.

Und ihren Vater dem sicheren Tod überlassen.

Natürlich würde sie bleiben. Emma griff nach dem Messer

und machte sich an die Arbeit, auch wenn sie kurz darauf erneut innehalten musste.

»Wenn Sie sich nicht wohlfühlen, Miss Sullivan ...«

Nun sah sie der alte Mann doch an und Emma hoffte inständig, dass sie sich zusammenreißen konnte. Der Blick in den Augen des Butlers war weich, mitfühlend.

»Niemand wird Ihnen einen Vorwurf machen, wenn Sie Ihre Meinung noch ändern wollen. Sie können jederzeit gehen.«

»Danke Theodore, es ist wirklich alles in Ordnung«, versicherte sie dem Butler. Sie würde bleiben. Um ihres Vaters Willen. Nur deswegen. *Selbstverständlich »nur deswegen«*, dachte sie und war verwirrt darüber, dass sie selbst diese Bestärkung zu brauchen schien.

Irgendwie gelang es Emma tatsächlich, die Zeit bis zum Abendessen zu überstehen, auch wenn sie mittlerweile glaubte, eine einzige Berührung würde sie dazu bringen, auf der Stelle zu kommen. Sie aß gemeinsam mit Theodore zu Abend und schwieg die meiste Zeit. Eine Unterhaltung am Leben zu halten schien ihr tatsächlich zu anstrengend. Nachdem sie gegessen hatten, wartete sie mit verbundenen Augen im Esszimmer, während ihr Herr sein Abendessen aß. Sie spürte seinen Blick auf ihr ruhen. Emma war sich sicher, dass ihm kein Zittern ihres Körpers, kein Beben ihres Atems entging. Er verließ kurz das Esszimmer. Als er zurückkam, trat er an ihre Seite und legte eine Hand auf ihre Schulter. Emma seufzte. Wärme breitete sich unter seiner Hand aus.

»Steh auf und setz dich auf den Tisch, Emma«, forderte er sie auf und ergriff ihre Hand, um ihr behilflich zu sein. Sobald Emma sich mit zitternden Beinen auf den Tisch gezogen hatte, stoppte das Vibrieren des Eis.

Er legte eine Hand auf ihr Knie und Emma öffnete bereitwillig die Beine. Seine Hände glitten über ihre Oberschenkel, zu ihren Hüften, streichelten sie kaum merklich.

Emma seufzte und ließ den Kopf in den Nacken fallen.

»Ich sollte dich warnen, dass Theodore noch in der Küche ist.«

Sie biss sich auf die Lippen, als sich seine Finger unter den Bund ihres Slips schoben. Emma lehnte sich weiter auf dem Tisch zurück und hob die Hüften an, um ihm zu erlauben, ihr den Slip auszuziehen.

Unendlich langsam zog er das Ei aus ihr heraus, ohne sie dabei selbst zu berühren. Ihr Atem ging schwerer und sie betete inständig darum, dass er ihr endlich Befriedigung verschaffen würde.

Statt sie dort zu berühren, wo sie vor Lust geradezu in Flammen stand, strich er mit seinen Händen über ihre Schultern und streifte die Träger ihres Kleides über ihre Arme.

»Du musst fast vergehen vor Verlangen«, murmelte er und löste die Nippelklemmen von ihren Brustwarzen. Emma hielt kurz die Luft an und hörte, wie sie neben ihr auf dem Tisch abgelegt wurden.

»Ja, Herr«, gab sie bereitwillig zu. Sie verging und sie brauchte Erlösung.

»Aber du bist nicht gekommen.« Er fragte sie nicht, stellte lediglich fest, während seine Fingerspitzen ihre überempfindlichen Brustwarzen umkreisten.

»Nein, Herr«, keuchte Emma und musste ein Stöhnen unterdrücken, als er sich von ihr zurückzog.

»Dann hast du dir wohl verdient, kommen zu dürfen, Emma.«

»Bitte, Herr, bitte lass mich kommen«, flehte sie hemmungslos.

»Du darfst, Emma. Jederzeit nun, sobald du soweit bist«, gestattete er ihr und Emma spürte, wie der Rock ihres Kleides hochgeschoben wurde. Sie lauschte, wartete auf das Geräusch eines Reißverschlusses, wenn er seine Hose öffnen und sie nehmen würde. Doch sie hörte nichts.

»Bitte«, flehte sie noch einmal. »Bitte, Herr.« Sie schnappte nach Luft. Seine Zunge! Sie spürte seine Zunge an ihrer brennenden Öffnung, spürte, wie er über ihre geschwollenen Schamlippen leckte, mit der Zunge in sie fuhr und geradezu gierig an ihr trank.

Gerade noch rechtzeitig erinnerte sie sich an Theodore und biss sich auf die zur Faust geballte Hand, um einen Schrei zu unterdrücken. Gott, das fühlte sich unglaublich an. Er legte die Lippen über ihre Scham, drängte sich gegen sie und Emma konnte nicht verhindern, dass ihre Hüften sich ihm entgegenhoben.

Seine Zähne auf ihrer sensiblen Haut ließen sie erschauern und als er ihren Kitzler zwischen ihnen einzog und mit der Zunge daran spielte, war es um sie geschehen.

Der Orgasmus, der sich in den letzten beiden Stunden in ihr aufgebaut hatte, überwältigte sie und ihr Herr stellte sicher, dass er nicht von kurzer Dauer war. Ihr Körper zuckte und zitterte und Emma warf den Kopf von einer Seite zur anderen, biss auf ihre Fingerknöchel, auf ihre Lippen und konnte doch am Ende ein lautes Stöhnen nicht unterdrücken.

Als er seinen Mund von ihr löste und Emma glaubte, sich mindestens eine Stunde lang nicht mehr bewegen zu können, vernahm sie vage das Geräusch eines Reißverschlusses. Oh Gott, dachte sie, unsicher, wie viel ihr Körper noch ertragen konnte, doch sie spürte, wie ihr Körper sich bestens auf ihn vorbereitete, erneut floss ihr Nektar über ihre Schamlippen.

Sie spürte die Spitze seines Penis an ihrer Scheide und ihr Körper öffnete sich ihm willig. Ihre Muskeln krampften sich begierig zusammen und als er mit einem kräftigen Stoß ganz in sie eindrang, und sie ihn groß und stark in sich pulsieren spürte, wusste Emma, dass sie noch sehr viel mehr von ihm ertragen können würde. Als er begann, sich in ihr zu bewegen, stöhnte sie lustvoll auf, alle Gedanken an Theodore vergessen.

Dann spürte sie seine Lippen auf ihrem Mund, schmeckte sich auf seiner Zunge, die Einlass in ihren Mund forderte. Eine Hand war tief in ihrem Haar vergraben, hielt sie in diesem Kuss gefangen, während die andere über ihre Brust streichelte, sie festhielt, knetete. Er spielte mit ihren Brustwarzen, zog daran, stöhnte selbst, als sich ihre Muskeln fester um ihn schlossen.

Es dauerte nicht lange, ehe sie beide ein weiteres Mal kamen und keuchend auf dem Tisch liegen blieben.

»Danke, Herr«, flüsterte Emma und sie konnte ihn leise lachen hören.

»Morgen früh um acht Uhr will ich dich in meinem Büro sehen. Auf den Knien. Dann kannst du mir noch einmal zeigen, wie dankbar du bist, Emma.« Mit diesen Worten ließ er sie allein und Emma beschloss, dass sie nun wirklich ein paar Minuten brauchte, in denen sie einfach regungslos auf dem Tisch liegen blieb.

Während des nächsten Monats gewöhnte Emma sich von Tag zu Tag mehr an ihr neues Leben, ihren Herrn und dessen Erwartungen. Ihr Tag begann jeden Morgen um acht Uhr in seinem Büro. Sie kniete neben seinem Schreibtisch, noch bevor er den Raum betrat. Die ersten paar Tage war sie noch bekleidet zu ihm gegangen, hatte sich aber bald angewöhnt, sich vorher auszuziehen und nackt auf ihn zu warten. Es war einfach viel praktischer. Im Anschluss daran frühstückte sie gemütlich mit Theodore, ehe sie ihm im Haushalt zur Hand ging und das Mittagessen zubereitete.

Hatte ihr Herr sie nicht bereits nach ihrem morgendlichen Treffen länger bei sich behalten, war es in der Regel nach dem Mittagessen, dass er sie zu sich rief oder sie im Wohnzimmer traf. Die Bestrafung, die sie am ersten Tag erhalten hatte, war nicht ihre einzige geblieben und zu ihrer großen Schande musste sie gestehen, dass sie es genossen hatte, als er sie mit dem Stock auf den blanken Hintern geschlagen hatte. Der Schmerz hatte sich schnell in unermessliches Verlangen gewandelt und es hatte damit geendet, dass sie ihren Herrn angefleht hatte, kommen zu dürfen, was dieser ihr, wenig überraschend, verweigert hatte.

Sie hatte sich bis zu ihrem nächsten Treffen nicht berühren dürfen. Eine Anordnung, die sie über Nacht nicht ausgehalten hatte und am nächsten Tag auf seine Frage hin auch gestanden hatte, verfehlt zu haben. Sie hatte den ganzen nächsten Vormittag in seinem Büro auf den Knien gesessen, die Nippelklemmen an ihren Brustwarzen, die Hände auf dem Rücken verschränkt und das verfluchte Ei in ihrer Scheide. Er hatte sie beobachtet, hatte sie ermahnt, nicht zu kommen, während er das Ei in unregelmäßigen Zügen in neuem Rhythmus hatte vibrieren lassen und sie schier um den Verstand gebracht hatte.

Er hatte ihr mit der Hand den Hintern versohlt, während sie über seinem Schoß lag, das Ei noch immer in ihr, die Nippelklemmen noch immer an den Brustwarzen, zog noch stärker daran und erst, als sie dies überstanden hatte, war es ihr erlaubt gewesen, zu kommen.

Diese jüngste Bestrafung war erst wenige Tage her.

»Sie wollen nun also wirklich gehen?«, fragte Emma Theodore, als dieser seine gepackten Koffer ins Foyer brachte. Er lächelte sie an.

»Es ist an der Zeit, Miss Sullivan. Ich denke, Sie haben sich gut eingelebt und brauchen meine Hilfe bei der Führung des Haushaltes nicht mehr.«

»Danke, Theodore«, sagte Emma und reichte ihm zum Abschied die Hand. »Und danke dafür, dass Sie mich ganz normal behandelt haben.«

Der Butler neigte den Kopf zur Seite und runzelte die Stirn.

»Wie hätte ich Sie denn sonst behandeln sollen?«

»Na ja, es ist nur, der Grund, weswegen ich hier bin, wofür ich bezahlt werde …«

Theodore nickte langsam. »Ich verstehe. Miss Sullivan, ich habe viele Frauen in diesem Haus ein- und ausgehen gesehen. Jede von ihnen für eine einzelne Nacht. Als ich von diesem neuen Arrangement erfuhr, hatte ich meine Zweifel, dass es gutgehen würde. Mehr noch, als ich Sie zum ersten Mal sah, denn, Sie sind in der Tat nicht die Art von Frau, die ich mir vorgestellt hatte. Aber«, er machte eine Pause und musterte sie eindringlich. »Wenn mir das erlaubt ist zu sagen, ich glaube, dass Sie es nicht leicht im Leben hatten und sich daran gewöhnt haben, sich widerstandslos in Ihr Schicksal zu ergeben. Vielleicht macht Sie das ja für diesen Job perfekt.«

Emma wusste nicht recht, was sie darauf sagen sollte. Sie verabschiedete sich von Theodore und kehrte zu ihren Aufgaben zurück.

»Bist du bereit für eine neue Lektion?«, fragte ihr Herr sie am Abend nach dem Essen.

»Ja, Herr, natürlich.«

»Gut, komm mit mir.« Er ergriff ihre Hand und führte sie den Flur zu seinem Büro entlang. Als Emma sich noch fragte, weshalb sie ins Büro gehen sollten, hielt er plötzlich inne und nahm ihre freie Hand, um sie auf eine schmale, glatte Oberfläche zu legen.

»Es sind dreizehn Stufen«, sagte er ihr, ehe er sie eine Treppe hinabführte. Emma zählte leise mit und ließ sich von seiner Hand und dem Geländer leiten. Sie konnte nicht verhindern, dass ihr Herz schneller zu schlagen begann. Sie war nervös, musste sie zugeben und sie spürte, wie ihre Handflächen zu schwitzen begannen.

Sie blieben stehen.

»Bevor du diesen Raum betrittst, wirst du dich immer ausziehen«, erklärte er ihr und wartete darauf, dass sie der Aufforderung nachkam. Emma hörte, wie eine Tür geöffnet wurde und er führte sie in den dahinterliegenden Raum. Emma fragte sich, was sich darin befinden mochte.

Sie traten weiter in den Raum und ihr Herr stellte sich hinter sie, legte die Hände auf ihre Schultern und streichelte über ihre Oberarme.

»Bist du nervös, Emma?«

»Ein ... wenig, Herr«, gestand sie und fuhr sich mit der Zunge über die Lippen.

»Aber du bist bereit?«

»Ja, Herr.«

Seine Hände strichen über ihre Arme hinab bis zu den Händen. Er verschränkte ihre Finger ineinander und blieb einen Moment lang so stehen, während Emmas Atem schneller ging.

»Beruhige dich, Emma«, bat er und streichelte erneut über ihre Arme. Emma atmete tief durch und versuchte sich zu entspannen.

Seine Hände kehrten zu ihren zurück und er nahm sie und hob sie weit über ihren Kopf.

»Heute Abend will ich sehen, wie sehr du dich fallen lassen kannst«, flüsterte er, als er etwas um ihr rechtes Handgelenk legte, das Emma im ersten Moment für ein Armband hielt. Dann wurde ihr klar, dass es sich dabei um Fesseln handeln musste, die irgendwo über ihrem Kopf befestigt waren. Ihre linke Hand wurde ebenso festgebunden.

Ihr Herr ließ seine Hände über ihre gefesselten Arme gleiten, sie nach vorn wandern und über ihren Busen streicheln.

»Ich will dir die süßesten Schmerzen bereiten«, fuhr er fort und kniff in ihre Brustwarzen. Emma drückte den Rücken durch, lehnte den Kopf in den Nacken.

»Heute Nacht ist es dir erlaubt, jederzeit zu kommen«, versprach er ihr, während seine Hand über ihren Bauch hinab und zwischen ihre Beine glitt.

Emma versuchte, ihren Körper seiner Hand entgegenzustrecken, doch die Fesseln an ihren Händen hielten sie davon ab, sich zu viel zu bewegen. Ihr Herr ließ von ihr ab und sie hörte, wie sich seine Schritte von ihr entfernten. Sie hörte ihn nicht, konnte nicht sagen, wo er war. Sie hatte sich von ihm in Ketten legen lassen und nun war er fort. Emma begann zu zittern. Sie zog an den Fesseln, doch sie rührten sich nicht. Blut rauschte in ihren Ohren.

Eine Hand legte sich auf ihren Rücken und Emma zuckte zusammen, zog hörbar die Luft ein.

»So schreckhaft«, stellte er fest und ließ seine Hand langsam von ihrem Rücken zu ihrem Bauch gleiten.

Emma war wie erstarrt. Ihr Körper zitterte unter seiner Berührung, doch es war nicht das angenehme, erregte Zittern, dass sie sonst in seiner Gegenwart empfand. Sie musste es durchhalten, sagte sie sich und biss sich auf die Innenseite ihrer Wangen. Sie durfte nicht aufgeben. Die Fesseln machten keinen Unterschied, versuchte sie sich selbst zu versichern. Sie durfte ihn auch sonst nicht berühren, es war egal, ob sie nun weit über ihrem Kopf ausgestreckt in der Luft hingen, oder sie sie an ihrer Seite liegen hatte. Sie war ihm stets auf die gleiche Weise ausgeliefert.

War sie das wirklich?

Vage nahm sie seine Hand auf ihrem Busen wahr, spürte, wie er sie streichelte, ihre Brüste umschloss, sie massierte, mit ihren Brustwarzen spielte. Aber nichts davon drang zu ihr durch.

Halte es aus, sagte sie sich. *Halte es aus und lass es vorbeigehen. Denk daran, weshalb du hier bist!*

Sie unterdrückte ein Wimmern, zog erneut an den Fesseln, als seine Hand tiefer glitt, zwischen ihre Beine.

Er sagte etwas, aber sie konnte es durch das Rauschen in ihren Ohren nicht verstehen. Sie musste sich beruhigen, musste seine Worte verstehen, um ihm zu antworten. Wenn er nur endlich tun würde, was er von ihr wollte und sie es hinter sich bringen konnte.

»Emma!«

Sie zuckte zusammen, hörte ihren Namen und schluckte schwer.

»Ja ... Herr?«, fragte sie mit zittriger Stimme.

Im nächsten Augenblick spürte sie seinen Körper an ihrem, den Stoff seiner Kleidung an ihrer nackten Haut.

Mit einem Fluchen griff er nach ihren Handgelenken und löste sie aus den Fesseln. Das Blut dröhnte ihr zu laut in den Ohren, um seine genauen Worte auszumachen und auch ihr letzter Versuch, sich zu beruhigen, scheiterte kläglich. Sie hatte versagt. Tränen stiegen ihr in die Augen und sie zitterte nur noch stärker.

Ihre Arme fielen an ihre Seiten, als er die Fesseln gelöst hatte und im nächsten Augenblick verlor sie den Boden unter den Füßen. Emma schlang die Arme um ihre Mitte und senkte den Kopf, als er sie aus dem Zimmer trug. Die Augenbinde fing ihre Tränen auf, während sie verzweifelt nach Atem rang. Ihre Brust schnürte sich noch enger zusammen.

»Verdammt, Emma!« Dieses Mal verstand sie seine Worte. Sie zog den Kopf weiter ein, versuchte, durch ihre Versuche, Luft zu bekommen, zu sprechen.

»Es tut mir leid.« Sie konnte ein Schluchzen nicht aus ihrer Stimme heraushalten. Er fluchte erneut. Emma nahm vage wahr, dass er eine Tür öffnete und mit ihr hindurchschritt. Im nächsten Augenblick stand sie wieder auf ihren eigenen, zittrigen Beinen. Er wickelte eine Decke um sie, hob sie wieder in die Arme und setzte sich mit ihr.

»Es tut mir leid«, flüsterte sie erneut und klammerte sich an dem weichen Stoff fest, den er um sie geschlungen hatte.

»Du entschuldigst dich aus den falschen Gründen.« Als er ihr die Augenbinde vom Kopf nahm, hielt sie den Atem an. Hastig senkte sie den Blick, auch wenn sie ohnehin nicht viel sehen konnte. Es war dunkel im Zimmer, nur spärliches Mondlicht fiel durch ein Fenster und ließ sie schemenhafte Möbelstücke erkennen. Den Rest verschleierten ihre Tränen.

»Es tut mir leid«, hob sie ein drittes Mal an und fuhr sich mit einer zittrigen Hand über die Augen. »Ich weiß nicht, was los ist, ich wollte nicht…«

»Was habe ich dir über deine Safewords gesagt?«, unterbrach er sie und Emma zuckte zusammen. »Du sollst sie benutzen, du sollst mir sagen, wenn es zu viel wird!«

»Ich will nicht aus dem Vertrag raus.«

»Was zum …«, er hielt inne, seufzte schwer. »Wie kommst du auf den Gedanken, dass es Auswirkungen auf den Vertrag hat, wenn du mir sagst, dass du mit einer Situation überfordert bist?«

Emma verschluckte sich an ihren Tränen, hustete. Sie zog die Decke enger um sich. Ein Teil von ihr wollte sich an ihn schmiegen, bei ihm Trost suchen, ein anderer Teil wollte davonlaufen und sich verstecken. Sie hatte das Gefühl, dass er sie selbst in dieser fast völligen Dunkelheit bestens sehen konnte und sein Blick sich durch ihre Haut brannte. Mit dem Handrücken wischte sie neue Tränen fort.

»Ich ... ich bin hier, damit du genau das mit mir tun kannst. Ich muss dir gehorchen. Ich ...«

»Für was für ein Monster hältst du mich eigentlich?« Er klang erschöpft. Emma spürte, wie sich sein Griff um ihren Körper lockerte. Sie stutzte.

»Du denkst, ich will dich leiden sehen, dich quälen?« Bei seiner Frage schnellte ihr Kopf hoch, sie riss entsetzt die Augen auf. Nicht, dass sie ihn sehen konnte, das Mondlicht ließ sie gerade seine Konturen erkennen. In diesem Augenblick wünschte sie sich, sein Gesicht sehen zu können. Nicht zum ersten Mal, doch aus einem gänzlich anderen Grund.

»Nei...«

Er spannte sich an, kaum merklich, doch durch ihre Nähe spürte sie es so stark, wie sie ihr eigenes Zittern wahrnahm.

»Gab es in den letzten Wochen irgendetwas, das dich zu diesen Gedanken verleitet hat?«

»Nein! Nein.« Sie ließ den Kopf sinken. Emma wusste nicht mehr, was sie dachte, was sie denken sollte.

»Wie kommst du dann darauf, dass ich dir einen Strick daraus drehen würde, wenn du deine Safewords benutzt? Du sollst sie benutzen, wenn du dich nicht wohlfühlst, Emma. Du sollst sie benutzen, um mir zu sagen, dass dir etwas zu schnell geht, dass du Angst hast. Verdammt nochmal, du warst kurz davor zu hyperventilieren.« Seine Stimme wurde bei seinen letzten Worten lauter. Gleichzeitig schlossen sich seine Arme fester um sie. Emma wollte den Kopf auf seine Schultern legen, die Augen schließen, in seiner Umarmung einschlafen.

»Es tut mir leid«, flüsterte sie erneut. Sie hatte aufgehört zu zählen, wie oft sie diese Worte in den letzten Minuten ausgesprochen hatte. »Ich hatte Angst, wenn ich sagen würde, dass ich mich fürchte, würdest du denken, es war ein Fehler, mich einzustellen. Du würdest den Vertrag kündigen ...«, und ... sie würde die Krankenhauskosten nicht zahlen können.

»Sag mir, wie fast jedes unserer bisherigen Treffen geendet hat.« Er sprach leise, dicht an ihrem Ohr. Sein Atem strich über ihre Haut, als er den Kopf senkte und seine Schläfe an ihre legte. Sie musste nicht überlegen.

»Du hast mich zum Orgasmus gebracht«, sagte sie ohne zu zögern.

»Hätte ich das auch heute Abend gekonnt?«

Sie schloss die Augen, schüttelte kaum merklich den Kopf.

»Nein«, bestätigte er seine eigene Frage. »Aber genau das will ich. Ich will sehen, wie du vor Lust vergehst, ich will sehen, wie du dich deinem Verlangen hingibst. Ja, ich erwarte, dass du mir gehorchst. Das tust du und es gefällt dir. Es gefällt dir, die Kontrolle in dieser Zeit an mich abzutreten und ganz mir zu gehören.«

»Ja«, murmelte Emma bestätigend und spürte, wie ein Teil ihrer Anspannung langsam wich.

»Ja, ich verlange Dinge von dir, die du vorher nie getan hast und das werde ich auch weiter tun. Und jedes Mal gehe ich davon aus, dass es dir gefallen wird, dass du, selbst wenn du zu Beginn unsicher sein solltest, herausfindest, wie sehr dein Körper es genießt. Du hast es genossen, als ich dir den Hintern versohlt habe. Du hast meine Hand auf deiner geröteten Haut genossen und auch den Stock.«

»Ja, Herr«, flüsterte Emma, als Erinnerungen in ihr emporstiegen.

»Du hast gelernt, es zu genießen, die Klammern zu tragen.«

»Ja, Herr.«

Sein Atem strich warm über ihre Haut und Emma neigte den Kopf leicht zur Seite, als seine Lippen über ihr Ohr strichen. Er legte eine Hand unter ihr Kinn und hob ihren Kopf an, zog sich zurück, sah sie, so glaubte sie zumindest, direkt an.

»Aber die Fesseln heute haben dir Angst gemacht, mehr noch, dich in Panik versetzt.« Seine Stimme war noch immer so leise. Sein Daumen strich über ihre Unterlippe.

»Ja, Herr.« Sie senkte den Blick, obwohl es für sie keinen Unterschied machte. Sehen konnte sie ohnehin nicht viel.

»Wieso? Ich hätte erwartet, dass Fesseln das geringste Problem sein würden.«

Emma wusste nicht, welche Antwort sie ihm geben sollte. Sie dachte zurück. Als sie ihm in den Raum gefolgt war, war noch alles in Ordnung gewesen. Als er sich hinter sie stellte, und begonnen hatte, sie zu streicheln, war es weit mehr als nur in Ordnung gewesen. Doch sobald er ihre Arme über ihren Kopf gehoben und die Hände durch die Fesselschlaufen geschoben hatte, war die Angst dagewesen. Sie war sich nicht einmal sicher, wovor sie Angst gehabt hatte. Dass er ihr etwas antun würde, hatte sie keinen Augenblick befürchtet.

»Ich ... ich weiß nicht«, gab sie schließlich zu und spürte, wie die gerade gewichene Anspannung zurückkehrte.

»Dir passiert nichts«, flüsterte er und sie nickte leicht. Sie wusste es, ihrem Verstand war das durchaus klar, ihren Nerven jedoch nicht.

»Du ... wirst den Vertrag auch nicht zurückziehen, weil ich das Safeword nicht benutzt habe, oder?«

»Nein. Aber ich gehe davon aus, dass ich dich nicht noch einmal daran erinnern muss.« Sein Ton wurde schärfer und trotzdem gab er Emma damit ein Gefühl an Sicherheit zurück. Oder gerade deswegen?

»Du wirst sie in Zukunft benutzen, nicht wahr, Emma?«

»Ja, Herr.« Sie unterdrückte ein Gähnen, fühlte, wie die Anstrengung des Abends nun an ihr nagte.

»Wenn du es von dir aus gesagt hättest, wäre nichts anderes passiert, als das hier«, erklärte er ihr und ließ seine Hand von ihrem Gesicht zu ihrer Hüfte fallen. »Deine Fesseln wären augenblicklich gelöst worden und wir hätten darüber geredet, was dir solches Unbehagen bereitet. Die Safewords gehören zu meinen Regeln, Emma. Sie zu benutzen hat für dich keinerlei negative Konsequenzen, es nicht zu tun hingegen schon. Und das werde ich nicht unterstützen.«

»Ich verstehe.« Dieses Mal gelang es ihr nicht, ein Gähnen zurückzuhalten. »Es tut mir leid, dass ich nicht von mir aus sagte, dass etwas nicht in Ordnung ist. Was ... was wird jetzt?«

»*Jetzt* ruhst du dich erst einmal aus.« Seine Hand strich sanft über ihre Hüfte, durch die Decke konnte sie die Berührung nur leicht wahrnehmen, aber sie war da. Emmas Lider schlossen sich und sie lehnte den Kopf an seine Brust, atmete tief ein. Wieso hatte sie solche Angst gehabt, als er sie gefesselt hatte, wenn sie sich jetzt in seinen Armen so sicher fühlte? Sie verstand es nicht. Es tat ihr leid, dass sie ihn enttäuscht hatte, weniger seine Erwartungen an sie, als mehr wegen des Bildes, von dem er glaubte, dass sie es von ihm hatte.

Sie wusste schließlich, dass er ihr nichts tun würde, was ihr schaden würde. Sie wusste, dass er ihr nur den Schmerz zufügte, der sich gleich darauf in die gleißendste Lust verwandelte, die sie je erlebt hatte. Emma wollte es noch einmal versuchen. Sie wollte sich noch einmal von ihm fesseln lassen. Sie würde sich von seiner Brust lösen und es ihm sagen. Sie war bereit, ihm zu beweisen, dass sie ihm vertraute. Doch im nächsten Augenblick war sie eingeschlafen.

Emma erwachte spät am nächsten Morgen in ihrem eigenen Bett, in eine fremde Wolldecke gewickelt. Sie blinzelte gegen die grellen Sonnenstrahlen, die sie geweckt hatten. Einen Moment lang lag sie einfach nur da und versuchte, sich daran zu erinnern, was Traum und was Wirklichkeit gewesen war. Während sie noch einmal die Augen schloss, zog sie die Decke über das Gesicht, um die Sonne auszusperren. Sein Duft umfing sie und sie verbarg ihre Nase in der weichen Wolle.

Schlagartig wurde ihr jedoch bewusst, dass der hohe Stand der Sonne bedeutete, dass sie verschlafen hatte. Ein Blick auf die Uhr bestätigte ihre Befürchtung und sie fluchte leise, während sie sich fragte, wie tief sie geschlafen haben musste, um ihn nicht gehört zu haben.

Emma schälte sich aus dem Bett und ging ins Bad, um sich mit einer kurzen Dusche auf den Tag vorzubereiten. Nachdem sie sich fertig gemacht hatte, nahm sie die Wolldecke vom Bett und nahm sie mit ins Erdgeschoss. Im Gehen faltete sie sie zusammen und legte sie in der Küche auf der Theke ab, während sie nach dem Haustelefon griff und mit der Kurzwahltaste die Nummer des Büros wählte.

»Ja?«

»Ich habe verschlafen. Es tut mir schrecklich leid, ich weiß wirklich nicht, wie das passieren konnte, ich habe den Wecker überhört oder muss ihn aus Versehen im Halbschlaf ausgeschaltet haben oder, ach, ich weiß auch nicht. Auf jeden Fall mache ich jetzt gleich Frühstück oder ...«, sie warf einen Blick auf die Küchenuhr, die ihr zeigte, dass es schon kurz vor zwölf war, »... oder besser direkt Mittagessen. Und während das im Ofen ist, packe ich schon einmal die Decke in die Waschmaschine, dann ist sie bis heute Abend auf jeden Fall trocken und dann ...«

»Emma«, unterbrach er ihren Redeschwall. Sie stand mit laut klopfendem Herzen in der Küche und starrte aus dem Fenster hinaus in den Garten. Den Hörer des Telefons hielt sie fest an ihr Ohr. Ihre Gelenke fühlten sich steif an, als ihre Finger ihn fest umklammerten.

»Ich habe deinen Wecker ausgeschaltet. Ich sagte doch, du sollst dich ausruhen und dein Körper scheint mir da zugestimmt zu haben, sonst hättest du nicht so lange geschlafen. Mein Frühstück konnte ich mir in der Tat selbst machen.« Irrte sie sich oder hörte sie da ein Lächeln in seiner Stimme? »Es reicht vollkommen, wenn du in Ruhe etwas zu Mittag machst und die Decke muss wirklich nicht gewaschen werden.«

»Aber ...«

»Emma, das waren keine Bitten. Du wirst dich in Ruhe um das Mittagessen kümmern, in Ruhe etwas essen und zwar reichlich, und wenn du das getan hast, sagst du mir Bescheid. Bis dahin sollte ich mit der Arbeit fertig sein und Zeit haben, um ebenfalls zu essen.«

Emma merkte erst, dass sie den Atem angehalten hatte, als sie ihn jetzt ausstieß. Langsam ließ sie sich auf einen der Barhocker vor der Theke sinken und versuchte, ihren zu schnellen Herzschlag zu beruhigen.

»Emma?«

»Ich … Danke, Herr.« Sie wartete, bis sie das Klicken hörte, das ihr sagte, dass er aufgelegt hatte, bevor auch sie den Hörer sinken ließ.

Kapitel 7

»Es tut mir leid wegen gestern«, sagte Emma, nachdem sie gehört hatte, dass er sein Besteck auf dem Teller abgelegt hatte. Es war erstaunlich, wie leicht es ihr nach einem Monat fiel, sich in seiner Gegenwart auf ihr Gehör zu verlassen.

»Was tut dir leid, Emma?«

»Dass ich das Safeword nicht benutzt habe.« Er hatte sie um keine weitere Entschuldigung gebeten, doch sie hatte das Bedürfnis, ihm zu erklären, was passiert war. Vielleicht auch, weil sie hoffte, es selbst zu verstehen, wenn es ihr gelang, ihre Gefühle in Worte zu packen.

»Ich glaube, ich habe mir über etwas, das Theodore vor seinem Abschied sagte, Gedanken gemacht. Ich …« Sie hielt inne, als sie hörte, wie sein Stuhl zurückgeschoben wurde, er aufstand und um den Tisch herum auf sie zukam. Er nahm ihre Hand und führte sie ins Wohnzimmer, wo sie auf der Couch Platz nahmen.

»Erzähl es mir.«

Emma lehnte sich gegen die Polster und atmete tief durch.

»Theodore meinte, ich würde mich dem Leben widerstandslos unterwerfen. Ich glaube, er hat Recht.«

Sie verschränkte die Hände im Schoß, als sie zu zittern begannen.

»Meine Mutter erkrankte an Krebs, als ich zehn war. Die Ärzte gaben ihr gute Chancen. Sie unterzog sich der Behandlung, diese schlug gut an. Meine Mutter wurde wieder gesund und wir glaubten für Jahre, sie hätte den Krebs besiegt.«

Emma hielt inne, gab ihm die Möglichkeit, sie zu unterbrechen, ihr zu sagen, dass ihn ihre Gründe nicht interessierten. Doch er schwieg, was sie als Aufforderung verstand, fortzufahren.

»Er kam wieder. Der Krebs. Und meine Mutter ... ich weiß nicht, sie gab einfach auf, noch bevor sie überhaupt angefangen hatte, wieder gegen ihn zu kämpfen. Und ich hab es geschehen lassen.«

»Was glaubst du denn, das du hättest tun können?«, fragte er leise und Emma zuckte mit den Schultern.

»Ich weiß nicht. Irgendetwas. Ich hätte sie dazu auffordern können, sich den Behandlungen zu unterziehen, die die Ärzte vorschlugen. Hätte ihr sagen können, dass sie nicht einfach aufgeben kann, dass sie kämpfen muss. Für uns. Meinen Vater und mich, wenn sie es schon nicht für sich selbst wollte. Aber ich habe nichts dergleichen getan. Ich habe nicht geschrien oder getobt oder irgendwie aufbegehrt. Ich habe es einfach geschehen lassen. Ich stand dabei, wie sie langsam aus dem Leben schwand. Jeden Tag ein Stück mehr. Und selbst, als sie gestorben war, hab ich nichts getan. Ich hab das Leben nicht verflucht, ich hab es einfach akzeptiert.«

Sie spürte, wie Tränen in ihren Augen aufwallten und versuchte, sich zu beruhigen. Ihre Stimme blieb fest, als sie fortfuhr.

»Dann wurde mein Vater krank. Die Behandlungen verschlangen mehr und mehr Zeit, Kraft und Geld. Irgendwann konnten wir den Buchladen nicht mehr halten, mussten ihn verkaufen und unsere Wohnung auch. Und ich stand wieder einfach nur daneben und hab zugesehen, wie mir alles aus den Händen gerissen wird, was wir noch hatten. Er ist im Krankenhaus und wird behandelt und ich ... als du mich gestern gefesselt hast, ist einfach alles über mich hereingebrochen. All diese Male, in denen mir das Leben die Hände gebunden hat und mir keine Möglichkeit gegeben hat, mich zu wehren oder zu fliehen. Mir keine Chance gegeben hat, es anzuhalten und ... Das Leben bietet keine Safewords. Es macht gnadenlos weiter, ob du dafür bereit bist, oder nicht.«

Sie schluckte die letzten Tränen hinunter.

»Ich will es noch einmal versuchen.«

»Emma, wir müssen das nicht tun.«

»Ich weiß«, sagte sie schnell und hob das Gesicht in seine Richtung.

»Ich weiß. Deswegen will ich es ja tun. Weil ich es nicht muss. Weil ich die Möglichkeit habe, innezuhalten, wenn es zu schnell geht. Ich will einmal nicht mein Leben die Entscheidung treffen lassen, dass es mich einfach so überrollt. Ich will die Entscheidung treffen, dir zu vertrauen, dass du mich auffängst, wenn ich falle. Mehr noch, dass du verhinderst, dass ich überhaupt ins Stolpern gerate. So wie gestern Abend.«

»Bist du dir sicher?«, fragte er leise und Emma nickte langsam.

»Ja, Herr, das bin ich.«

Emma ließ sich von ihm in den Keller führen und als er stehen blieb, zog sie ihre Kleidung aus, wie er es ihr am Abend zuvor aufgetragen hatte zu tun, bevor sie den Raum hier unten betrat. Ihr Herz schlug schneller und sie schluckte ihre Angst hinunter. Sie würde sich nicht einschüchtern lassen. Sie konnte ihm vertrauen.

Als er die Tür öffnete und sie ins Zimmer führte, stutzte Emma einen Augenblick. War der Raum am Abend vorher nicht zu ihrer linken gewesen? Sie schüttelte den Gedanken beiseite. Sie war so nervös gewesen, es war gut möglich, dass sie sich geirrt hatte.

Ihr Herr nahm ihr Gesicht in seine Hände und hob ihren Kopf an, strich ihr mit den Fingerspitzen über die Wangen. Emma erschauderte unter seiner Berührung. Sie musste nur daran denken, welche Lust er in ihr auslösen würde, dann hätte die Angst keine Chance.

Seine Hände strichen über ihren Hals, ihre Schultern. Er streichelte ihre Arme und ließ sie die Hände nach vorn ausstrecken. Etwas Kühles und Weiches glitt federleicht über ihre Haut, schlang sich um ihr Handgelenk. Emma runzelte die Stirn. Als er ihre Hände losließ, erkundete sie ihre Handgelenke. Recht locker war um jedes ein seidener Schal geschlungen.

»Herr?«, fragte sie verwirrt, während sie den Stoff zwischen ihren Fingern hindurchfließen ließ und war plötzlich doch sicher, dass sie im falschen Zimmer waren.

»Deine einzige Erfahrung mit Fesseln ist, dass du in ihnen hyperventilierst und in Panik ausbrichst. Ich werde diese Situation sicher nicht wiederholen, ehe ich davon überzeugt bin, dass du keine Angst davor hast, gefesselt zu sein«, erklärte er und griff erneut nach ihrer Hand. Er führte sie einige Schritte weiter, ehe er ihr befahl, sich auf das Bett zu legen, vor dem sie zum Stehen kamen.

Emma setzte sich und rutschte so weit zurück, bis sie vollends darauf liegen konnte. Sie ließ ihn ihre Hände am Kopfende des Bettes festbinden. Emma spürte, wie ihre Kehle sich zuschnürte, doch sie bemühte sich darum, flach zu atmen. Sie würde sich nicht unterkriegen lassen.

Sie spürte ihn neben sich sitzen, sie beobachten. Sie wollte ihm keine Schwäche zeigen.

Seine Finger legten sich schließlich zwischen ihre Brüste. Langsam und mit federleichten Bewegungen fuhr er mit den Fingerspitzen durch das Tal ihres Busens, über ihren Bauch hinab. Bereits diese kleine Berührung ließ Emma sich ihm entgegenrecken. Eine Gänsehaut bildete sich auf ihrem Körper, wo er sie berührte. Es war, als suche ihre Haut nach seiner Berührung, die sie nur vage spüren konnte.

Emma spürte, wie er vom Bett aufstand, hörte, wie er sich auszog. Die Matratze bewegte sich, als er sich wieder aufs Bett setzte.

Seine Hand lag auf ihrem Bauch, streichelte sie sanft. Emma seufzte. Seine freie Hand strich über ihre Schläfe und sein Atem strich über ihre Wange. Emma wurde bewusst, dass sie zum ersten Mal beide vollkommen nackt waren.

»Als ich dich gestern Abend fesselte, hatte ich vor, dir die Nippelklemmen anzulegen«, flüsterte er an ihrem Ohr. Seine

Hand glitt über ihren Bauch hinauf zu ihrem Busen. Emma erwartete, dass er in die Brustwarzen kneifen würde, an ihnen ziehen würde, sie an das Gefühl der Klemmen erinnern würde. Stattdessen streichelte er zärtlich um die harten Knospen, bis sie die Gänsehaut auch auf ihrer Brust spüren konnte.

»Ich wollte sie mit kleinen Gewichten beschweren, damit du sie noch stärker spüren kannst«, fuhr er fort. Emma fuhr sich mit der Zunge über die trockenen Lippen und drückte ihren Rücken durch. Sie wollte mehr von seiner Berührung spüren.

»Ich wollte sie mit einer Kette verbinden«, sprach er weiter und ließ nun auch ihrer anderen Brust diese sanften Liebkosungen zukommen, die so gänzlich gegensätzlich zu seinen Worten waren. Ihr Atem ging schneller und Emma biss sich auf die Lippen, um ein Stöhnen zu unterdrücken.

»Ich wollte zusehen, wie du dich an das Gewicht gewöhnst, an den Schmerz. Ich wollte dabei zusehen, wie sich der Schmerz in Lust wandelt.« Seine Hand strich erneut zwischen ihren Brüsten hinab zu ihrem Bauch. Er legte seine Handfläche auf ihren Bauch, fuhr zwischen ihre leicht gespreizten Beine.

»Dann wollte ich eine weitere Kette an der zwischen den Nippelklemmen befestigen. Eine Kette mit einer weiteren, ganz besonderen Klammer.« Sein Atem strich ihr heiß über die Kehle und Emma lehnte den Kopf zurück, entblößte ihren Hals weiter. Wieso tat er nicht jetzt, wovon er da sprach?

Seine Hand erreichte ihre Scham und sein Mittelfinger glitt zwischen ihre feuchten Schamlippen, streichelte entsetzlich langsam über ihren Kitzler, berührte ihn dabei kaum. Ihre Hüften stemmten sich ihm entgegen, doch er ließ sich nicht drängen.

»Ich wollte sehen, ob du sofort kommen würdest, wenn eine Klammer deine Klitoris einspannt. Oder hättest du dich nur vor lustvollen Schmerzen gewunden und gestöhnt? Geschrien?«

Emma wusste darauf keine Antwort. Der Gedanke, dass er diese so empfindliche Stelle mit einer Klammer wie denen, die sie an ihren Brustwarzen schon oft getragen hatte, versehen wollte, erfüllte sie auf einer Seite mit Nervosität, Angst vor den unbekannten Schmerzen. Auf der anderen Seite musste sie zugeben, dass sie neugierig war, wie es sich anfühlen würde. Sie wollte es ebenfalls wissen, gestand sie sich ein. Sie wollte wissen, ob sie sofort kommen oder sich unter Schmerzen winden würde. Und würden die Schmerzen sich ebenso in pures Verlangen wandeln?

Ihre Beine öffneten sich ein Stück weiter und sie betete, dass er sie endlich so berühren würde, dass sie es wirklich spüren konnte, doch er ließ sich weiterhin Zeit, ließ sie seine Finger kaum spüren, als er über ihre Schamlippen streichelte und die Hitze in ihrem Inneren weiter anstachelte.

Seine Hand glitt über die Innenseiten ihrer Schenkel, ließ ihre Beine zittern und Emma war froh zu liegen, denn hätte sie gestanden, hätten ihre Beine sicher unter ihr nachgegeben.

Emma protestierte leise, als er sie so unbefriedigt verließ. Seine Finger fuhren über ihr Bein, hinab bis zu den Knien, an der Außenseite ihrer Schenkel wieder hinauf bis zu den Hüften.

»Ich bin mir sicher, du wärst bereits vor Lust halb wahnsinnig gewesen, wenn ich die Gerte geholt hätte.«

»Gerte?«, flüsterte Emma und wandte den Kopf in seine Richtung.

»Mhm«, murmelte er an ihrem Hals und Emma spürte seine Lippen unter ihrem Ohr.

»Ich wollte herausfinden, ob du sie ebenso lieben würdest, wie den Stock. Als Mittel zur Bestrafung scheinen sie bei dir äußerst ungeeignet.«

Emma hörte deutlich das Lachen, das in seiner Stimme mitschwang.

»Und die Gerte wäre so viel flexibler gewesen, was ihre Einsatzmöglichkeiten betrifft. Zuerst hätte ich dir damit den Hintern versohlt, bis er feuerrot geglüht hätte.«

Emma stöhnte leise und wand sich auf den Laken. Sie erinnerte sich noch gut an ihre letzte Bestrafung, bei der sie den Stock auf den blanken Hintern empfangen hatte. Himmel, sie war davon so erregt gewesen, sie wäre fast durch die Schläge allein gekommen. Sie hätte es nie für möglich gehalten, dass Schmerzen solche Lust hervorbringen konnten. Nicht in ihr.

»Jede deiner Bewegungen hätte dich die Klemmen stärker spüren lassen und durch ihre Verbindungsketten wäre das Gefühl noch verstärkt worden.«

Sie zitterte, als seine Fingerspitzen über ihre Seiten streichelten und sie dabei kitzelten. Seine Hand kehrte zu ihrem Bauch zurück, wanderte hinauf zu ihren Brüsten.

»Ich wollte herausfinden, ob es dir auch gefallen würde, hier von der Gerte geküsst zu werden«, flüsterte er und seine Fingerknöchel fuhren über ihren Busen. Emma erschauderte bei dem Gedanken daran. Ob aus Furcht oder Erregung, dessen war sie sich selbst nicht sicher.

»Und du hättest jederzeit kommen dürfen, erinnerst du dich? Jederzeit und immer wieder. Ich wette, du wärst oft gekommen.«

Emma widersprach ihm nicht.

»Aber das wäre noch nicht alles gewesen. Ich versprach dir die süßesten Schmerzen und den süßesten Schmerz hättest du nur an einer Stelle empfunden, Emma.«

Er hatte tatsächlich vorgehabt, sie mit der Gerte …

Seine Hand legte sich flach auf ihre Scham und Emma konnte ein Stöhnen nicht unterdrücken.

»So feucht«, murmelte er und drang mit einem Finger in sie ein. Emma seufzte glücklich und er stöhnte an ihrem Ohr. Ihre Muskeln schlossen sich um seinen Finger und er ließ einen zweiten in ihre feuchte Öffnung gleiten.

Als er sie aus ihr herauszog, öffnete Emma erwartungsvoll die Lippen. Sie wurde nicht enttäuscht. Seine Finger drängten in ihren Mund und Emma leckte jeden Tropfen ihrer eigenen Erregung von seiner Haut, saugte an seinen Fingern, als hätte sie sein Glied in ihrem Mund und ließ sie nur unter leisem Protest wieder gehen.

»Wie geht es dir, Emma?«, fragte er und Emma runzelte die Stirn, nicht sicher, ob sie die Frage richtig verstand. Es war eine einfache Frage, aber ihr kam es so vor, als habe sie einen tieferen Sinn, der ihr entging.

»Ich bin erregt, Herr«, keuchte sie und leckte sich über die Lippen. »Bitte, ich brauche mehr.«

Seine Hand, die Finger feucht von ihrer Zunge, streichelten ihre Brust und Emma wölbte sich ihm entgegen. Er umschloss eine Brust mit seiner Hand, rieb mit festen Bewegungen des Daumens über ihre Brustwarze und Emma reckte sich ihm noch stärker entgegen. Ihre Finger schlossen sich um den Stoff, mit dem ihre Handgelenke gefesselt waren und sie verstand, was er mit seiner Frage gemeint hatte.

»Es geht mir gut, Herr«, versicherte sie atemlos.

»Gut«, erwiderte er und senkte den Kopf über ihren Busen. Emma stöhnte kehlig auf, als er eine Brustwarze zwischen die Lippen zog und mit der Zunge daran spielte. Noch immer waren seine Berührungen voller Zärtlichkeit und Emma lernte, dass dies eine gänzlich neue Form der Folter für sie darstellte. Es trieb sie an den Rand der Lust, enthielt ihr aber den letzten Sprung vor.

»Bitte«, flehte sie und drängte sich ihm entgegen.

»Bitte was, Emma?«, fragte er, ehe er ihre andere Brust liebkoste.

»Bitte nimm mich. Ich halte das nicht mehr aus.«

Die Matratze bewegte sich erneut stärker, als er sich auf dem Bett neu positionierte, ohne dabei den Mund von ihrer Brust zu nehmen. Emma seufzte, als sie ihn zwischen ihren Beinen spürte, seine Schenkel zwischen ihren.

Seine Hände glitten an ihren Seiten hinab, umschlossen ihre Pobacken und hoben sie an.

»Bitte«, flehte sie noch einmal, als er sich Zeit ließ, in sie einzudringen. Sie spürte die Spitze seines Gliedes an ihren Schamlippen, doch er bewegte sich nicht. Ihre Finger vergruben sich fester in dem seidenen Tuch, das sie am Bett festhielt und sie stöhnte vor unerfülltem Verlangen.

»Bitte, bitte nimm mich, Herr.«

Er kam ihrer Bitte nach. Langsam. So langsam, wie er sie bisher jede seiner Berührungen hatte spüren lassen. Emma stöhnte tief in ihrer Kehle, als er Zentimeter für Zentimeter in sie hineinglitt, ihre Muskeln sich um ihn spannten, ihn willkommen hießen. Er fühlte sich noch größer in ihr an, während er sich so langsam bewegte, sie auskosten ließ, wie er ihren Körper in Besitz nahm und sie ausfüllte.

Emma wagte nicht, ihm ihre Hüften entgegen zu recken. Sie lag vollkommen still und wartete, bis er von sich aus ganz in ihr versank. Sie glaubte, wahnsinnig zu werden, als er sie schließlich ganz ausfüllte und regungslos verharrte.

Seine Hände streichelten ihren Hintern.

»Weißt du, was ich gestern noch getan hätte?«, fragte er und Emma war froh, wenigstens auch seine Stimme als ein wenig atemlos wahrzunehmen.

»Was, Herr?«, fragte sie, während seine Hände weiter über ihren Hintern kreisten. Er spreizte ihre Pobacken und drückte sanft gegen ihren Anus.

»Wenn du vor Lust bereits halb wahnsinnig gewesen wärst, hätte ich dir deinen ersten Analplug eingeführt und dich ihn die ganze Nacht tragen lassen, um dich daran zu gewöhnen.«

Der Gedanke sollte sie abschrecken. Wieso tat er es dann nicht?

»Eines Tages, Emma, wirst du mich anflehen, deinen Hintern so in Besitz zu nehmen, wie du es jetzt schon mit deiner Scheide tust«, war er sich sicher und zog sich langsam aus ihr heraus.

Ehe Emma etwas antworten konnte, drang er wieder in sie ein, langsam und zärtlich war vorbei. Er stöhnte, als er sie mit harten, schnellen Stößen nahm.

Emma keuchte, reckte sich ihm entgegen und schlang die Beine um seine Hüften. Sie spürte noch immer seinen Finger an ihrem Anus, doch sie konnte nicht über seine Worte nachdenken. Denken war im Augenblick vollkommen unmöglich. Sie konnte lediglich fühlen und riechen und hören, und jede dieser Empfindungen war von ihrem Herrn eingenommen und sie ließen keinen Platz für Zweifel oder Ängste.

Emma schrie, als sie kam., Das Wissen, dass niemand in der Nähe war, der sie hören konnte, war sehr befreiend.

Als er sich keuchend neben sie aufs Bett fallen ließ, wandte Emma ihm langsam den Kopf zu, rang selbst noch nach Atem.

»Ich … will das«, sagte sie und spürte, wie ihr die Hitze ins Gesicht schoss.

»Du willst was?«

»Das, was du gestern mit mir machen wolltest, Herr. Ich will all das erleben.«

Er schwieg einen Augenblick und Emma fürchtete schon, ihre Panikattacke vom Abend zuvor hatte ihr diese Erfahrung ein für alle Mal verspielt.

»Das wirst du«, sagte er schließlich. »Aber nicht heute oder morgen. Ich will mir ganz sicher sein, dass dir die Fesseln keine Angst mehr machen, bevor wir dies tun.«

Emma lächelte zufrieden. Sie ahnte, dass er ihr viele Gelegenheiten geben würde, ihm zu beweisen, dass sie ihre Panikattacke überwunden hatte. Und sie freute sich tatsächlich auf jede einzelne davon.

Emma sollte Recht behalten. Er ließ sie in den folgenden Wochen ausgiebig unter Beweis stellen, dass die Fesseln für sie kein Problem waren und Emma gelang es, zu ihrer beiden vollsten Zufriedenheit und Befriedigung, diesen Beweis jedes Mal aufs Neue zu erbringen.

So wie am Abend zuvor, die sie mit auf dem Rücken gefesselten Händen auf den Knien verbracht hatte, während er den Stock auf ihren Hintern hatte herabfahren lassen, bis Emma ihn angefleht hatte, sie kommen zu lassen.

Er war dieser Bitte nachgekommen, hatte sich hinter sie gekniet und war von hinten in sie eingedrungen, während seine Hände immer wieder auf ihren brennenden Po geschlagen hatten, mal fester, mal leichter, aber jedes Mal hatte sie erneut die Lust gepackt. Als er mit dem Daumen zwischen ihre Pobacken gedrängt war und ihn auf ihren Anus gelegt hatte, hatte sie sich ihm instinktiv entgegengedrängt.

Emma rutschte unruhig auf der Couch hin und her, als sie

daran dachte. Ein Teil von ihr hatte gehofft, dass er sie spüren lassen würde, wie es war, ihn dort zu spüren.

Sie war derart in Gedanken versunken, dass ihr nicht einmal auffiel, dass er das Wohnzimmer betreten hatte und hinter der Couch zum Stehen gekommen war.

Er legte seine Hände auf ihre Schultern, zog sie zurück gegen die Lehne der Couch.

»Woran denkst du?«, fragte er.

Emma zögerte einen Augenblick, ehe sie die Frage aussprach, die ihr schon so lange auf der Seele brannte.

»Wieso ich? Wieso hast du mir diesen Job angeboten, statt einer der anderen Frauen?«

Seine Finger streichelten ihre nackte Haut, sein Daumen fuhr über ihren Hals. Emma spürte, wie sich eine Gänsehaut unter seiner Hand bildete. Ein leichtes Zittern überkam ihren Körper.

»Deswegen«, antwortete er und ließ die Fingerspitzen über ihre Haut tanzen, entlockte ihr ein leises Seufzen.

»Ich habe unzählige Frauen auf ähnliche Weise wie dich kennengelernt, aber jede von ihnen war abgebrüht, alles an ihnen künstlich. Jede Bewegung, jedes Wort einstudiert. Ich wollte dich, weil ich davon überzeugt war, dass du mir nichts vorspielen würdest. Selbst dein Lebenslauf war kein bisschen geschönt. Gnadenlose Ehrlichkeit. Als du Matts Büro betreten hast, hast du die Schultern gestrafft, das Kinn gereckt, du warst bereit, jede Herausforderung anzunehmen.« Seine rechte Hand legte sich auf ihren Hals, hob ihren Kopf an. Emma folgte seiner Bewegung, lehnte den Kopf weiter in den Nacken, bis sie seinen Bauch berührte.

»Und du hast bisher auch jede Herausforderung angenommen ... und genossen, nicht wahr?«

»Ja, Herr.« Hitze durchflutete sie und ihr Atem ging schneller. Seine Hand lag noch immer auf ihrem Hals. Er musste ihren Puls fühlen können. Musste spüren können, wie ihr Herz zu rasen begann. Seine linke Hand strich über ihre Schulter. Ihr Unterleib begann zu pochen und Emma presste die Beine aneinander.

Seine Hände schoben sich unter ihr Top, umfassten ihre Brüste. Emma drängte sich ihm entgegen, stöhnte leise, als er mit seinem Finger über ihre Brustwarzen rieb. Er lehnte sich weiter über sie und sie atmete tief ein, sog seinen Duft auf. Sex. Er roch für sie immer nach Sex oder Sex roch nach ihm, sie wusste nicht mehr, ob es da noch einen Unterschied gab. Sex und er waren unweigerlich zu einer Einheit verschmolzen, waren zu etwas geworden, das sie nie wieder würde auseinanderhalten können. Die Nervosität, die sie zu Beginn ihm und seinen Forderungen gegenüber verspürt hatte, war einer freudigen Erregung gewichen.

Seine Finger schlossen sich um ihre harten Brustwarzen, rieben sie fester, zupften an ihnen. Emma zog hörbar die Luft ein, als der Schmerz sich in Lust verwandelte und direkt zwischen ihre Schenkel schoss.

»Das gefällt dir.« Er stellte keine Frage, doch sie wusste, dass er eine Antwort von ihr erwartete.

»Ja, Herr, es gefällt mir sehr.«

Er drückte fester zu, entlockte ihr ein Keuchen. Seine Hände kneteten ihre Brüste, hoben sie an. Wo seine Finger sie nicht berührten, spürte sie den dünnen Stoff ihres Tops auf der nackten Haut. Sie klammerte sich an der Couch fest, vergrub ihre eigenen Finger im Stoff, als sie den Rücken weiter durchdrückte, sich seinen Händen noch mehr entgegendrängte.

»Bitte«, flüsterte sie und ihre Beine fielen auseinander. Bildete sie es sich ein oder konnte sie ihre eigene Erregung riechen? Erfüllte der Geruch nach Lust tatsächlich den Raum? Sie war so feucht, ihr Körper schrie nach Befriedigung.

»Bitte was, Emma? Sag mir, was du willst.«

»Alles, was du bereit bist, mir zu geben, Herr«, antwortete sie ohne zu zögern.

Ein Lächeln stahl sich bei ihren Worten auf seine Lippen. Ob sie wusste, wie perfekt sie war? Seine Hose spannte bereits um sein steifes Glied und der Gedanke daran, dass ihr Körper ihn jederzeit begierig aufnehmen würde, ließ die Hose nur noch enger werden. Ihr Stöhnen war Musik in seinen Ohren. Einmal nur wollte er seinen Namen von diesen roten Lippen fallen hören, wenn sie kam. Nathan schob den Gedanken rasch beiseite.

Stattdessen richtete er sich wieder auf, entließ ihren Busen aus seinen Händen.

»Steh auf«, befahl er ihr und sah zu, wie sie sich von der Couch erhob. Ein Träger ihres Tops hing von ihrer Schulter, doch Emma machte keine Anstalten, ihn zu richten. Gut, sie würde es ohnehin nicht mehr lange tragen.

Nathan ging um die Couch herum und ergriff ihre Hand.

»Alles, Emma? Ich denke, es wird Zeit, deine Worte zu testen.« Mit der freien Hand strich er über ihren Rücken, ihren Hintern, ließ sie dort verweilen.

»Alles, Herr«, flüsterte sie ein wenig atemlos und Nathan entging die Gänsehaut auf ihren Armen nicht. Vom ersten Tag an hatte er auf diesen Augenblick gewartet, sie vorbereitet. Er hatte sicher sein wollen, dass sie es genießen würde.

Nathan führte sie aus dem Wohnzimmer, den Flur entlang in den Keller. Ihr Atem ging mit jedem Schritt schneller, ihre Hand in seiner wurde wärmer, begann zu schwitzen.

»Hast du Angst?«

Sie sollte es genießen. Er wusste, dass sie es genießen würde, doch wenn sie sich jetzt noch fürchtete, würde er sehr viel mehr Zeit damit verbringen müssen, sie vorzubereiten.

»Nein«, antwortete sie augenblicklich, fuhr sich mit der Zunge über die Lippen. »Ich ... ich dachte nur an letzte Nacht ...«

»Du bist erregt«, stellte er fest und hätte sie am liebsten gegen die Wand gepresst und sie hier und jetzt genommen.

»Ja, Herr«, seufzte Emma wohlig.

Nathan blieb stehen und ließ ihre Hand los.

»Wir sind da«, teilte er ihr mit und sah zu, wie sie sich ihrer wenigen Kleidung entledigte. Nachdem Theodore ausgezogen war, war Emma dazu übergegangen, keine Unterwäsche mehr zu tragen. Ein Umstand, den Nathan sehr begrüßte. Es vereinfachte ihre Beziehung ungemein, wenn er sie nicht aus zu vielen Lagen Stoff schälen musste. Außerdem gefiel es ihm, zu sehen, wie sich ihre erregten Brustwarzen gegen den Stoff ihrer Kleidung abzeichneten, oder wenn er sie, so lange sie ein Kleid oder einen Rock trug, jederzeit an sich ziehen und sie nehmen konnte. Vor zwei Wochen hatte sie zum letzten Mal das Sommerkleid getragen, das sie an ihrem ersten Tag hier angehabt hatte. Mit einem Lächeln im Gesicht dachte er daran, wie er sie nach dem Mittagessen sofort auf seinen Schoß gezogen und mühelos in sie eingedrungen war.

»Bist du bereit?«, fragte er sie, als sie nun nackt vor ihm stand. Er könnte ihren nackten Körper den ganzen Tag betrachten.

»Ja, Herr, ich bin bereit.«

Kapitel 8

Zum ersten Mal in seinem Leben war Nathan nervös in einer Situation, die er vollkommen kontrollieren sollte. Er hatte Emma viel Zeit gelassen, um ihre erste Begegnung mit den Fesseln zu verarbeiten, hatte sie erst wieder in den Kellerraum gebracht, nachdem er davon überzeugt war, dass sie keine Angst haben würde, mehr noch, dass sie selbst sich danach sehnte.

Dennoch verspürte er Nervosität. Was, wenn sie sich beide irrten und sie noch nicht so weit war?

Er beobachtete sie genau, während er ihre Arme hob und die Lederriemen um ihre Handgelenke schloss. Ihr Atem ging schneller, doch er konnte nicht sagen, ob es ihre Aufregung oder Angst war.

»Du erinnerst dich an deine Safewords?«, fragte er, als er den Raum durchschritt und vor einer Ablage stehen blieb, auf der er die Spielzeuge, die sie heute Abend brauchen würden, bereits ausgelegt hatte. Zu gern hätte er ihre Reaktion auf diesen Raum gesehen. Er wollte sehen, wie ihre Augen weit wurden, während sie sich umsah, noch mehr Fesselvorrichtungen an den Wänden und gar dem Boden entdeckte, oder das Andreaskreuz, auf das sie von ihrer Position aus direkt geblickt hätte. Nun, es sollte nicht sein.

»Ja, Herr. Blau und rot«, bestätigte sie und fuhr sich mit der Zunge über die Lippen. Gott, diese Geste ließ ihn immer noch hart werden.

Nathan nahm die Klemmen in die Hand, an denen er bereits die Gewichte und die Kette befestigt hatte. In der Mitte baumelte an einer weiteren Kette bereits die Klemme für ihren Kitzler. Er ließ die Klemmen von einer Hand in die andere gleiten, damit Emma das sanfte Klirren der Kette hören konnte.

Ihm entging nicht, wie sie bei dem Geräusch aufhorchte und leicht zu zittern begann.

»Du weißt, was dich heute erwartet, Emma?«

»Ja, Herr.« Sie klang atemlos. Ihre Brustwarzen hoben sich ihm fest entgegen, als warteten sie ungeduldig auf seine Berührung.

»Und du bist bereit dafür?«

»Ja, Herr ...« Sie klang, als wolle sie noch etwas sagen, schloss aber dann doch hastig den Mund.

»Was, Emma?«, forderte er sie auf.

»Ich ... ich kann es kaum erwarten, Herr«, gestand sie und ihre Wangen glühten feuerrot. Nathan unterdrückte ein Stöhnen. Seine Hose wurde geradezu schmerzhaft eng.

»Herr?«, setzte sie hinzu und fuhr sich noch einmal über die Lippen.

»Ja?«

»Ich ... bin feucht«, flüsterte sie und Nathan nutzte die Gelegenheit, um ihre Worte zu überprüfen. Tatsächlich schmiegten ihre Schamlippen sich heiß und feucht um seine suchenden Finger. Emma seufzte und drängte sich ihm entgegen, doch er zog seine Hand weg. Gott, sie war perfekt.

Und sie hatte keine Angst. Wenn er noch daran gezweifelt hatte, waren diese Zweifel nun alle beseitigt.

»Du wirst noch viel feuchter werden, Emma«, versprach er ihr. »Wie beim letzten Mal gilt, dass du heute Abend nicht darum bitten musst, zu kommen. Es ist dir jederzeit und so oft du willst, erlaubt.«

»Danke, Herr«, flüsterte sie.

Nathan fragte sich, wie oft sie an diesem Abend den Höhepunkt finden würde. Er hob die erste Klemme an ihre Brust und öffnete sie.

Emma zog die Luft ein, als sie die erste Klemme um ihre Brustwarze spürte und biss sich auf die Lippen, als die zweite folgte. Die Gewichte, von denen ihr Herr ihr erzählt hatte, ließen den Schmerz stärker werden, doch gleichzeitig spürte sie, wie sie noch feuchter wurde. Genauso, wie er es versprochen hatte.

»Wie fühlt es sich an?«, fragte er und Emma spürte einen Zug an ihren Brustwarzen, ohne dass er sie berührt hatte. Er musste an der Kette gezogen haben, schoss es ihr durch den Kopf, während sie nach Luft schnappte.

»Tut es sehr weh, Emma?«

»Es tut weh, Herr, aber ... oh Gott!« Ein weiterer Zug.

»Aber?«, hakte er nach.

»Aber es fühlt sich gut an.«

»Bist du bereit, mehr zu ertragen?«, fragte er und Emma nickte stumm. Sie spürte, wie er ihre Schamlippen spreizte und spannte sich an. Sie versuchte, ihren Atem zu beruhigen, doch es war schwer, während sie auf den Schmerz wartete.

Er kam schließlich so plötzlich, dass sie glaubte, ihre Beine würden unter ihr nachgeben. Augenblicklich wurde sie noch feuchter und Emma spürte, wie ihr Nektar die Innenseiten ihrer Oberschenkel bedeckte. Sie wand sich, versuchte, einen Schrei zu unterdrücken und suchte nach einer Position, in der der Schmerz abebbte, doch sie machte ihn nur noch schlimmer.

Dann brachte jede ihrer Bewegungen einen kleinen Schlag durch ihren Körper, als stünde sie unter Strom. Sie zitterte, wimmerte und glaubte, vergehen zu müssen.

»Deine Safewords kannst du jederzeit benutzen«, erinnerte ihr Herr sie, doch Emma schüttelte vehement den Kopf.

»Nein, nein, Herr, es ist ...«, sie stöhnte. Schmerz und Lust waren nicht mehr voneinander zu trennen, doch sie war noch weit davon entfernt, Erlösung zu finden.

»Es ist was, Emma?«

»Es fühlt sich gut an, Herr. Es schmerzt, aber ... es fühlt sich dabei so gut an.« Sie war selbst überrascht über ihre Worte und ihre Stimme trug diese Überraschung mit sich.

»Ich wusste, du würdest es mögen.«

»Ja, Herr. Danke.«

Er lachte leise und Emma spürte seine Fingerspitzen auf ihrem Bauch. Er spielte mit der Kette, ließ sie fühlen, wie sie langsam in Schwingung gebracht wurde und Emma stöhnte, als sie die Bewegung an die Klemmen weitergab.

»Ich könnte mich daran gewöhnen, dich so zu sehen«, sagte er. »Gefesselt und dich vor Lustschmerz windend. Die Klemmen an der Kette stehen dir ausgezeichnet, Emma. Besser, als jedes Juwel es könnte. Bist du bereit für mehr?«

»Ja, Herr, bitte gib mir mehr«, flehte sie und bemühte sich, still zu stehen, als er von ihr wegging. Als er zurückkehrte, spürte Emma kleine Fäden oder Stoffstreifen über ihren Busen gleiten. Nein, dachte sie, nicht Stoff. Leder. Die Gerte wartete darauf, benutzt zu werden.

Ihr Herr ließ sie über ihren Oberkörper streicheln, geradezu sanft, während er langsam um sie herumschritt.

»Du bist dir sicher, dass du dafür bereit bist, Emma?«

»Ja, Herr. Ich will mehr. Bitte schone mich nicht.«

Sie erfuhr bald, dass er das nicht im Traum vorgehabt hatte. Die Lederbänder der Reitgerte prallten auf ihren noch vom Vorabend geröteten Hintern und wie ihr Herr vorausgesagt hatte, ließ jeder Schlag ihren Körper derart erzittern, dass die angeketteten Klemmen neue Wellen aus Schmerz und Lust durch ihren Körper jagten.

Emma keuchte, japste nach Luft, stöhnte und drängte sich ihm doch stets weiter entgegen. Mit der Gerte bedeutete er ihr, die Beine weiter zu spreizen und schonte auch ihre Oberschenkel nicht vor seinen Schlägen. Emmas lustvolle Schmerzensschreie erfüllten den Raum, folgten jedem Klatschen des Leders auf ihrer feuchten Haut.

»Ich muss zugeben, ich bin positiv überrascht«, gestand ihr Herr, als er dicht hinter sie trat und eine Hand zwischen ihre Beine gleiten ließ, spürte, wie ihre Lust an ihren Schenkeln herabglitt.

»Ich hätte nie erwartet, dass es dich so erregt.«

Das hatte sie auch nicht. Hätte jemand Emma vor einigen

Wochen gesagt, dass sie lernen würde, zu genießen, was ihr Herr mit ihr tat, sie hätte ihn für verrückt erklärt. Doch sie tat es, sie genoss es und sie wollte noch mehr. Sie war offensichtlich weitaus verdorbener, als sie es je für möglich gehalten hatte. Oder vielleicht hatte auch nur er diese Seite an ihr erweckt.

Ein weiterer Schlag mit der Gerte traf ihren Hintern und Emma stöhnte. Der nächste Schlag traf bereits ihre Brust, leichter, als auf ihrem Hintern, doch die Berührung ließ die Klemme fester in ihre Brustwarze beißen. Das Gefühl war unglaublich.

»Mehr«, keuchte Emma, als sie spürte, wie Lust und Schmerz sich auf direktem Weg zwischen ihren Beinen sammelten. Sie war so kurz davor zu kommen.

»Bitte, Herr, gib mir mehr«, flehte sie und er nahm sie beim Wort und ließ sie spüren, wie schmerzhaft ein Kuss von der Ledergerte auf ihrer Brust tatsächlich sein konnte. Beim nächsten Schlag schrie Emma laut auf, während ihr Körper unter ihrem Orgasmus erzitterte.

Ihr Herr ließ sie diesen Höhepunkt vollkommen auskosten, schlug noch zwei, drei Mal mehr auf ihren Busen, ehe er die Gerte zwischen ihre Beine brachte und sie mit wohlgesetzten Schlägen auf die geschwollenen Schamlippen von einem gerade abebbenden Orgasmus zum nächsten trieb.

Als auch dieser Höhepunkt langsam abklang, spürte Emma seine Hände auf ihren Armen. Er löste die Fesseln um ihre Handgelenke und fing sie auf, ehe ihre Beine ihren Dienst versagen konnten.

»Herr?«, fragte Emma erschrocken, als er sie in die Arme hob. »Wir sind noch nicht fertig?«

Er lachte leise.

»So gierig, Emma?«

Sie spürte, wie ihr das Blut in den Kopf schoss.

»Nein, wir sind noch nicht fertig«, versicherte er ihr und ging ein paar Schritte. »Aber keiner von uns beiden hat etwas davon, wenn du vor Erschöpfung zusammenbrichst.« Er setzte sich mit ihr auf seinem Schoß hin und zog Emma sofort wieder an sich, als diese aufstehen wollte.

»Ich ruiniere deine Hose«, beharrte sie.

»Keine Angst, du wirst nachher die Gelegenheit haben, das auf andere Weise wieder gut zu machen«, versprach er und strich mit einem Finger über ihre Lippen. Seine Hände glitten zu ihren Schultern, massierten sie, bis die Anspannung von der Fesselung sie verließ.

»Ich lasse dir die Wahl, Emma, ob du wieder gefesselt werden willst und wie, mit den Händen vor der Brust oder hinter dem Rücken.«

Sie wollte es, sie wollte erfahren, was er mit ihr vorhatte und sie wollte es so erleben, wie er es für sie geplant hatte.

»Bitte fessle mich, Herr. Mit den Händen hinter dem Rücken.« Emma spürte, wie sich seine Erektion gegen ihren Hintern presste. Sie wollte ihn in sich spüren, rieb sich instinktiv an ihm und wurde mit einem tiefen Stöhnen belohnt. Im nächsten Augenblick hob er sie von seinem Schoß und schob sie vor sich auf dem Boden auf die Knie, mit dem Rücken zu sich.

»Deine Hände«, forderte er und Emma streckte sie gehorsam nach hinten, wo er sie fesselte. Ihr Rücken wurde durchgestreckt, ihre Brüste drängten sich nach vorn, ließen die Klemmen neue schmerzhafte Lustwellen durch ihren Körper jagen.

»Lehn dich nach vorn, Emma.«

Emma ließ sich langsam nach vorn sinken, spürte schließlich etwas Warmes an ihren Oberschenkeln und dem Bauch und lehnte sich darauf. Ihre Brüste hingen frei, die Gewichte an den Nippelklemmen zogen sie nach unten und Emma stöhnte, als die Kette zwischen ihrem Körper, und wie sie annahm einem Hocker, eingeklemmt wurde.

»Dein Hintern scheint geradezu nach einer weiteren Begegnung zu verlangen«, murmelte ihr Herr hinter ihr und Emma spürte seine Hände, die fest über ihre brennende Haut streichelten. Emma stöhnte, hob ihm ihren Hintern wortlos entgegen und hörte ihn leise lachen.

»Du bist wirklich unersättlich, Emma«, sagte er, klang dabei jedoch alles andere als rügend. Seine Hände spreizten ihre Pobacken und er strich mit zwei Fingern über ihren Anus. Emma spürte, dass ihre Feuchtigkeit selbst bis dorthin vorgedrungen war. Dennoch spürte sie kurz darauf eine warme Flüssigkeit zwischen ihre Pobacken fließen.

»Entspann dich«, riet ihr Herr ihr und verteilte das Gleitgel mit dem Zeigefinger um ihren Anus. Emma tat ihr bestes, seinen Rat zu beherzigen, doch als er langsam in sie eindrang, verspannte sich ihr Körper, versuchte, den Eindringling sofort auszuschließen.

»Entspann dich, Emma«, sagte er noch einmal und drang mit den Fingern seiner freien Hand in ihre Scheide ein. Tatsächlich gelang es ihr, sich auf die Lust zwischen ihren Schenkeln zu konzentrieren und ihren Körper zu entspannen. Sie spürte, wie er langsam mit dem Zeigefinger in ihren Anus eindrang, innehielt, nachdem er wenige Zentimeter in ihr war. Dann drang er tiefer, hielt erneut inne, drang weiter in sie ein. Als er den ganzen Finger in ihr hatte und sich langsam in ihr bewegte, stöhnte Emma. Es war ein ungewohntes Gefühl und ihre engen Muskeln verkrampften sich um ihn.

Während die Finger in ihrer Scheide sie mit schnellen, kräftigen Stößen nahmen, ließ er den Finger in ihrem Po langsam herausgleiten, ehe er ebenso langsam wieder in sie eindrang. Er wiederholte diese Bewegung einige Male, ehe er sich gänzlich zurückzog und erneut Gleitgel zwischen ihren Pobacken verteilte.

Es war nicht seine Fingerspitze, die Emma beim nächsten Mal an ihrem Anus spürte. Ihr Herr drang derweil mit einem weiteren Finger in ihre Scheide ein und zog mit dem Daumen an der Kette, die die Klemme um ihre Klitoris hielt. Emma stöhnte und ihr ganzer Unterkörper zog sich zusammen. Als sie sich entspannte, drang etwas langsam in sie ein. Emma spürte, wie das Gleitgel seine Arbeit tat und kurz darauf seine flache Hand auf ihrem Hintern lag.

»Ich nehme an, es wird ein wenig dauern, bis du dich an das Gefühl des Analplugs gewöhnt hast«, sagte er und streichelte ihren Hintern.

»Ich will, dass du ihn heute Nacht trägst. Du wirst ihn nicht herausnehmen, du wirst ihn in dir lassen, während du schläfst und mir morgen früh zeigen, dass er noch immer da ist.«

Emmas Muskeln schlossen sich um den Fremdkörper. Ihr Herr hatte Recht, es war ungewohnt. Aber es tat nicht weh, wie sie erwartet hatte. Es war kein Gefühl, das sie als angenehm beschrieben hätte, aber zumindest nicht schmerzhaft.

Sie hörte, wie ihr Herr seine Hosen öffnete und sie zu Boden fielen. Er griff nach ihren Armen und hob sie aus ihrer vorgebeugten Position wieder auf die Füße. Er drehte sie zu sich um und setzte sich wieder, zog sie auf seinen Schoß und ließ sie die Spitze seines Gliedes an ihrer Scheide spüren.

Oh Gott, schoss es Emma durch den Kopf. Sie trug noch immer die Klemmen, ihr Hintern fühlte sich merkwürdig an und nun wollte er sie nehmen? Sie wusste nicht so recht, was sie von dieser Idee halten sollte. Er zog leicht an der Kette und Emma zitterte, stöhnte.

»Setz dich, Emma. Nimm mich in dir auf.«

Sie folgte seinem Befehl, ließ sich langsam auf sein Glied sinken und stöhnte lustvoll, als er ganz in ihr war. Was für ein Gefühl, so gänzlich ausgefüllt zu sein, jeden Nerv ihres Körpers derart wahrzunehmen.

Eine Hand griff nach ihren gefesselten Händen, zog sie leicht zurück, die andere hielt die Ketten fest, angespannt, ließ jede kleine Bewegung dafür sorgen, dass die Klemmen an ihr zogen. Emma ließ ihre Hüften kreisen, hob die Hüften, um sie im nächsten Augenblick wieder zu senken und es dauerte nicht lange, bis sie kam.

Er ließ sie von seinem Schoß auf den Boden gleiten und nutzte erneut die Kette, um sie vorwärts zu ziehen. Der Duft ihrer gemeinsamen Leidenschaft stieg ihr in die Nase.

»Du wolltest dich für die ruinierte Hose entschuldigen?«

Emma öffnete die Lippen und senkte den Kopf über sein noch immer steifes Glied. Sie schmeckte sich auf seiner Haut, schmeckte die ersten Tropfen seines Samens, die sich mit ihrem Saft mischten und stöhnte um seinen Penis. Seine Hände legten sich auf ihren Kopf und er führte sie, hielt sie fest, drängte sie seinem Körper fester entgegen. Emma kam seinen Wünschen nach, verschwendete keine Zeit und begann sofort, gierig an ihm zu saugen und ihn zu lecken.

Als er seinen Samen in ihre Kehle vergoss, trank sie gierig jeden Tropfen.

Emma schlief in dieser Nacht äußerst unruhig. Bei jeder Bewegung spürte sie den Analplug. Erst, als sie am nächsten Morgen ihren Herrn in seinem Büro aufsuchte, erlöste er sie von dem Fremdkörper. Nachdem Emma ihn mit ihrem Mund zum Orgasmus gebracht hatte.

Doch ihre Freiheit war nur von kurzer Dauer. Nach dem Mittagessen bereits ließ er sie den Analplug erneut in sich aufnehmen. Sie lag über den Tisch gebeugt und er ließ es sich nicht nehmen, auch dieses Mal anschließend in sie einzudringen. Seine Hände pressten ihren Hintern zusammen, während er sie zum Orgasmus trieb.

Zwei Tage später musste Emma sich eingestehen, dass es nicht mehr unangenehm war, wenn er den Plug in sie einführte. Als er am nächsten Tag einen größeren Plug nahm und sie fühlte, wie er sie ein wenig mehr ausfüllte, konnte sie sich ein Stöhnen nicht verkneifen.

Eine Woche später, als ihr Herr sie fragte, wie es sich anfühlte, den Plug zu tragen, antwortete sie wahrheitsgemäß mit »Gut, Herr«. Er nahm dies zum Anlass, den nächsten Plug in ihren Anus einzuführen und sie spüren zu lassen, wie sich der Stock auf ihrem Hintern anfühlte, während sie den Analplug trug.

»Herr, bitte«, flehte Emma, als sie einige Wochen später einmal mehr im Kellerraum mit den Händen über dem Kopf gefesselt dastand, die Klemmen um Brustwarzen und Klitoris mit ein wenig größeren Gewichten versehen.

Ihr Hintern brannte von dem Paddel, das ihr Herr gerade genutzt hatte, um sie zu schlagen. Nachdem er ihr den Hintern versohlt hatte, hatte er ihr den Analplag herausgezogen und nicht wieder ersetzt.

»Was, Emma?«

»Bitte nimm mich ... dort.«

Er kam zu ihr, stand dicht vor ihr. Emma spürte seinen Atem auf ihrem Gesicht.

»Ich fürchte, ich verstehe nicht, was du meinst, Emma.«

Er log. Natürlich log er, er wusste genau, was sie meinte, aber er würde es ihr nicht geben, ehe sie darum gebettelt hatte.

»Bitte ... nimm ... bitte, ich will dich in meinem Anus spüren. Bitte ... nimm meinen Hintern.«

»So förmlich, Emma?«

»Bitte Herr, fick meinen Arsch«, brachte sie schließlich heraus.

Er löste sie aus den Fesseln, band ihre Hände stattdessen wieder hinter ihrem Rücken zusammen und ließ sie über dem Hocker knien, auf dem sie den ersten Analplug empfangen hatte.

»Bitte mich noch einmal, Emma«, forderte er und Emma spürte das Gleitgel zwischen ihren Pobacken.

»Bitte Herr, fick meinen Arsch«, flehte sie noch einmal mit fester Stimme.

Sie spürte, wie er zwischen ihre Pobacken glitt, sie für sich spreizte. Er hatte sie gut vorbereitet. Emma entspannte ihre Muskeln, drängte ihm ihren Hintern entgegen. Er war viel größer als die Plugs, die sie stundenlang getragen hatte, doch sie hatten ihren Anus genug geweitet, dass er in sie eindringen konnte. Er fühlte sich riesig in ihr an, ihre Muskeln schlossen sich fest um ihn, umklammerten ihn und Emma stöhnte tief aus ihrer Kehle, als er weiter in sie eindrang, bis sie ihn ganz in sich spürte.

Sie schnappte nach Luft, konnte kaum glauben, wie es sich anfühlte, ihn so in sich zu fühlen. Vorsichtig presste sie sich weiter gegen ihn, bewegte zaghaft den Hintern. Sie stöhnte noch lauter.

»Gefällt es dir, Emma? Gefällt es dir, mich so in dir zu spüren? Auf eine Art, wie noch kein Mann in dir war?«

»Gott ...«, stöhnte Emma, als er anfing, sich aus ihr herauszuziehen. »Ja, Herr, es … es fühlt sich unglaublich an … es ist … ohhhhh« Er drang wieder in sie ein, schneller als beim ersten Mal. Ihr Herr fand einen Rhythmus, der immer schneller und stärker wurde. Emma konnte kaum glauben, wie gut es sich anfühlte, einen Mann auf diese Art in sich aufzunehmen.

Eine Hand griff zwischen ihre Beine, spielte mit der Klemme um ihren Kitzler, zog daran, ließ sie erschaudern. Er drang mit drei Fingern in sie ein, füllte sie ganz aus und trieb sie zum Orgasmus, ehe er selbst in ihrem Hintern kam.

Auf ihre Bitte hin nahm er sie an diesem Tag ein weiteres Mal auf diese Weise und Emma fiel zutiefst befriedigt in einen tiefen Schlaf, sobald ihr Kopf an diesem Abend auf ihrem Kissen landete.

Kapitel 9

Emma lag im Wohnzimmer auf der Couch, die Decke über den Beinen ausgebreitet und las ein Buch. Ihr Herr hatte angekündigt, den ganzen Nachmittag mit einer Telefonkonferenz beschäftigt zu sein. Also hatte sie sich, nachdem sie ihre Arbeit beendet hatte, ein längeres Telefonat mit ihrem Vater gegönnt. Es hatte gut getan, seine Stimme zu hören. Noch besser war es gewesen, die Zuversicht aus seinen Worten zu vernehmen. Er sprach gut auf die Behandlung an und sie hatten Pläne geschmiedet, was sie alles tun würden, sobald er aus dem Krankenhaus entlassen würde. Danach hatte sich Emma ins Wohnzimmer zurückgezogen und es sich bequem gemacht.

Nach zwei Stunden war sie so in ihren Roman vertieft, dass sie alles um sich herum vergessen hatte. So bemerkte sie auch nicht sofort die Schritte auf dem Flur, die sich dem Wohnzimmer näherten und nahm ihn erst wahr, als sie eine Bewegung aus den Augenwinkeln heraus sah.

Erschrocken setzte sie sich auf und kniff die Augen zusammen.

»Ich hab ganz die Zeit vergessen, Entschuldigung. Ich werde mich gleich um das Abendessen kümmern und ...«

»Es ist noch nicht so spät, Emma«, unterbrach er sie und sie hörte, wie seine Schritte näher kamen. Ihr Herz schlug schneller. Es wäre so einfach gewesen, die Augen zu öffnen und ihn anzusehen, das Geheimnis zu lüften, das er so streng hütete. Doch sie hielt ihre Augen geschlossen.

»Was liest du?«, fragte er und Emma spürte, wie sein Arm sie streifte, als er über sie nach dem Buch griff. Blindlings versuchte sie danach zu greifen, es zu verstecken. Es war eine alberne Liebesgeschichte, einfach etwas für zwischendurch mit garantiertem Happy End. Eine Flucht aus der Wirklichkeit, sozusagen.

»Es ist nur ...« Sie vernahm das leise Rascheln des Papiers, als er durch das Buch blätterte, wartete auf sein vernichtendes Urteil. Stattdessen hörte sie, wie seine Schritte um die Couch herumgingen, spürte, wie die Couch neben ihr nachgab, als er sich setzte. Emma versteifte sich.

»Ist die Telefonkonferenz schon vorbei?«, fragte sie in einem Versuch, von ihrer Lektüre abzulenken. Er lachte auf und Emma spürte, wie er mit den Fingerspitzen über ihren Nacken streichelte. Diese leichte Berührung genügte, um ihr Schauer über den Rücken zu jagen.

»Willst du mich loswerden, Emma?«

»Nein«, widersprach sie hastig. »Ich meinte nur, weil du doch sagtest ... Ich wollte nur ...« Gott, sie redete sich gerade um Kopf und Kragen.

»Beruhige dich, Emma«, unterbrach er sie erneut und sie hörte das Lachen in seiner Stimme. Sie presste die Lippen aufeinander und versuchte, sich zu entspannen.

Er legte eine Hand auf ihre Schulter und zog sie wieder in eine liegende Position, bei der sie mit ihrem Kopf auf seinem Bein lag. Mit den Fingern begann er, leicht über ihre Haut zu streicheln, während er zu Emmas Schrecken die ersten Zeilen der aktuellen Buchseite laut vorlas.

Sie wollte sich aufrichten, doch er hielt sie zurück und las weiter vor. Seine Stimme war ruhig, kein Anzeichen davon, dass er sich über ihre Lesegewohnheiten lustig machte. Langsam entspannte Emma sich, ließ sich von seiner Stimme treiben, vom sanften Streicheln seiner Hand weiter der Welt entrücken.

Nathan sah auf Emmas Gesicht herab, während er eine Seite umblätterte. Sie hatte die Augen noch immer fest geschlossen.

Das war gut, sagte er sich. Er war schließlich nur gekommen, um sie auf die Probe zu stellen. Er hatte lediglich testen wollen, ob sie sich an seine Regeln hielt.

Das erklärte jedoch nicht, wieso er nicht direkt wieder gegangen war. Wieso er sich zu ihr gesetzt hatte, einen Grund gesucht hatte, bei ihr zu bleiben. Einfach so.

Es erklärte auch nicht, weshalb er spürte, wie er selbst sich in ihrer Gegenwart entspannte, als er bemerkte, dass sie dies tat. Es erklärte nicht, weshalb er nach ihrem Lächeln suchte, während er ihr vorlas. Es erklärte vor allem nicht, wieso er ihr überhaupt vorlas!

Nathan schob diese Fragen weit von sich. Wenn er sich ihnen gestellt hätte, wäre er aufgestanden und gegangen. Und er wollte nicht aufstehen. Das Warum interessierte ihn im Augenblick nicht.

Er fühlte sich ruhig. Zum ersten Mal seit langer Zeit wurde er nicht von dieser inneren Unruhe erfasst, die ihn in jedem Augenblick hinterfragen ließ, ob er sein Leben unter Kontrolle hatte. Er wollte diesen Moment genießen und sich nicht mit unnötigen Fragen quälen.

»Ich mag deine Stimme«, flüsterte Emma und Nathan hielt im Lesen inne, um sie anzusehen. Sie runzelte ihre Stirn, biss sich auf die Lippen und hob die Hände vors Gesicht, als ihre Wangen sich rot färbten.

»Ich wollte nur sagen, dass du gut lesen kannst. Vorlesen, meine ich«, erklärte sie und Nathan spürte, wie ein erneutes Lächeln an seinen Mundwinkeln zog. Er hielt es für besser, ihre Bemerkung zu ignorieren und las weiter, sah aus den Augenwinkeln, wie sie ihre Hände wieder sinken ließ, spürte, wie sich ihr Körper wieder streckte.

»Darf ich dich etwas fragen?«

»Das kommt auf die Frage an«, entgegnete er und sah auf sie herab. Sie hatte das Gesicht zur Seite geneigt, von ihm abgewandt, die Augen jedoch noch immer geschlossen.

»Du scheinst kaum Kontakt zu anderen Menschen zu haben. Ist das wahr? Ich meine, außer zu Mr. Emerson und Theodore, hast du da privat mit jemandem Kontakt?«

Er zögerte, überlegte, ob er diese Frage überhaupt beantworten sollte.

»Nein«, gab er schließlich zu. Er hatte fast alle Verbindungen zu seinem alten Leben gekappt. Lediglich die Geschäfte, bei denen er nicht persönlich anwesend sein musste, führte er weiterhin selbst. Freundschaften jedoch hatte er nicht mehr gepflegt. Matthew war hartnäckig genug gewesen, ihn regelmäßig im Krankenhaus zu besuchen, hatte sich nicht von ihm abschütteln lassen, als er auf dem Weg der Besserung gewesen war. Er hatte Nathan dazu gedrängt, dass er wenigstens einen Menschen brauchte, der sein Kontakt zu der Welt war, die er zurücklassen wollte. Nathan hatte ihm schließlich Recht geben müssen.

Alle anderen hingegen hatte er zurückgelassen und sich nicht ein einziges Mal mehr nach ihnen umgedreht. Oder sie sich nach ihm. Er ballte seine freie Hand zur Faust, als er daran dachte, wie Jessica ihn voller Entsetzen angesehen hatte, als sie ihn im Krankenhaus besucht hatte. Sie hatte ihn angestarrt, oder besser gesagt, die Narben angestarrt und ihm erklärt, dass ihre Beziehung keine Zukunft habe.

»Tut mir leid«, flüsterte Emma.

»Muss es nicht. Du scheinst selbst nicht mit vielen Menschen zu tun zu haben. Zu allem innerhalb so kurzer Zeit Abstand zu nehmen dürfte den meisten Menschen schwerer fallen.«

»Ich glaube, ich habe die meisten meiner alten Freunde vernachlässigt, als mein Vater krank wurde. Es rückte einfach vieles in eine andere Perspektive für mich. Die meisten haben das nicht verstanden.«

Nathan lachte trocken auf.

»Wir scheinen uns ja gesucht und gefunden zu haben.«

Emma lachte nicht. Als er sie betrachtete, sah er ein trauriges Lächeln auf ihren Lippen. Er hatte das ungewohnte Verlangen, sie in den Arm zu nehmen. Nathan verbannte diese unsinnige Idee augenblicklich aus seinem Kopf.

Er zwang seine Finger, sich wieder zu öffnen und legte die flache Hand auf Emmas Dekolleté, streckte die Fingerspitzen nach ihrem Busen aus. Er spürte, wie ihr Herz schneller schlug, hörte wie ihr Atem kaum merklich ungleichmäßiger wurde.

Nathan fuhr damit fort, ihr vorzulesen, während seine Hände langsam den Saum ihres Oberteils entlangfuhren. Hin und wieder fanden seine Fingerspitzen den Weg unter den Stoff. Er konnte beobachten, wie sich eine Gänsehaut unter seinen Fingern bildete. Er liebte es, wie leicht sie noch immer auf seine Berührung reagierte.

Schließlich legte Nathan das Buch zur Seite und konzentrierte sich gänzlich darauf, Emma zu beobachten, während er sie streichelte. Ihr Gesicht hielt seine Aufmerksamkeit gefangen.

Seine Hand schloss sich um ihre Brust und Emma seufzte leise.

»Schaffst du es, die Augen geschlossen zu lassen?«, fragte Nathan und rieb mit den Fingern über ihre Brustwarze.

»Ja, Herr.« Emma seufzte erneut und drückte ihren Rücken durch. Ihr Kopf wandte sich ihm zu, sie lehnte ihn weiter zurück, entblößte ihren Hals. Er ließ von ihrer Brust ab und legte seine Hand auf diesen schlanken Hals, streichelte ihn mit seinen Fingern.

»Steh auf und zieh dich aus«, befahl er und Emma folgte seiner Anweisung. Während sie sich von ihrem Shirt und dem Rock befreite, öffnete Nathan seine Hose und griff nach Emmas Hand, als sie nackt vor der Couch stand. Er legte seine Hände auf ihre Hüften und zog sie auf seinen Schoß.

Diese Frau trieb ihn in den Wahnsinn. Er konnte einfach nicht genug von ihr bekommen. Sie stöhnte leise, als seine Erektion an ihren Schamlippen rieb. Nathan ließ ihre Hüften los, vertraute darauf, dass sie nicht zögern würde, ihn in sich aufzunehmen. Seine Hände umrahmten ihr Gesicht, strichen ihr die braunen Wellen hinter die Ohren. Sie war so schön und er genoss es, ihr Gesicht in seiner Gänze sehen zu können.

Er war versucht, ihr zu befehlen die Augen zu öffnen, hielt sich jedoch im letzten Augenblick davon ab. Es würde keine bessere Methode geben, sie aus dem Haus zu vertreiben und das war im Augenblick das Letzte, was er wollte. Nein, er wollte in ihr sein, wollte spüren, wie sich ihre Muskeln um ihn schlossen und jeden Tropfen seines Samens aus ihm herauszwangen.

Ihre Lippen waren leicht geöffnet und er spürte ihren Atem auf seinem Gesicht, als er sie an sich zog. Emma senkte sich langsam auf seinen Schoß und er sah das Verlangen, das sich auf ihrem Gesicht widerspiegelte.

Er küsste sie leidenschaftlich, vergrub seine Hände in ihrem Haar. Er wollte ihr Gesicht sehen können, wenn er sie nicht küsste. Nathan stöhnte an ihren Lippen. Sie ließ die Hüften langsam kreisen, zu langsam für seinen Geschmack. Er brauchte sie. Jetzt.

Seine Hände umfassten ihren Hintern und er drehte sich zur Seite, ließ sie mit dem Rücken auf die Couch sinken und hob ihre Beine um seine Hüften. Er stieß tiefer in sie, schneller und sah die Lust auf ihren Gesichtszügen. Nathan strich mit einer Hand über ihre Brust, knetete sie, zog an ihren Brustwarzen. Emmas Lippen öffneten sich zu einem stummen Schrei. Ihr ganzer Körper zitterte unter seinem. Sie reckte sich ihm entgegen, umklammerte ihn mit ihren Beinen und warf den Kopf in den Nacken.

Nathan ließ seine freie Hand zwischen ihre Körper gleiten. Er fand ihren Kitzler, strich über ihn, presste mit dem Finger dagegen. Emma keuchte und ihre Hüften zuckten ihm entgegen.

»Mehr?«

»Ja, Herr, bitte, mehr ...«

Er kam ihrer Bitte nur zu gern nach, drang schneller in sie ein, stieß fester in ihren Körper, der ihn heiß und feucht in sich aufnahm.

Nathan lehnte sich zurück, stützte sich mit den Händen auf der Couch ab und sah in ihr Gesicht. Er wollte sehen, wenn sie kam, wollte ganz genau sehen, was in ihrem Gesicht vor sich ging, wenn er schon nicht ihre Augen sehen konnte.

»Komm für mich, Emma«, befahl er und rieb ihren Kitzler noch fester.

Es schien, als habe sie nur auf diese Worte gewartet. Nathan stöhnte, als ihre Muskeln ihn fester umschlossen, ihr Körper unter ihm erzitterte, während sie kam. Er beobachtete sie und konnte nicht genug davon bekommen, die unzähligen Gefühle auf ihrem Gesicht zu sehen. Er wollte ihre Augen sehen. Er wollte seinen Namen von ihren Lippen hören. Er hatte endgültig den Verstand verloren. Fast hektisch zog er sich aus ihr zurück und beeilte sich, die Hose zu schließen. Ohne ein weiteres Wort zu sagen, verließ er das Wohnzimmer und ließ sie allein.

»Mr. Emerson.« Emma war überrascht, den Mann an der Tür vorzufinden. Es hatte kurz vor dem Abendessen geklingelt und sie hatte sich schon gewundert, wer um diese Uhrzeit noch vorbeikommen konnte.

»Guten Abend, Miss Sullivan. Darf ich eintreten?«

Emma nickte und trat zur Seite.

»Natürlich. Entschuldigung, bitte, treten Sie ein.« Sie deutete mit dem Arm in die Villa und schloss hinter ihm die Tür.

»Ich sage ihm gleich, dass Sie hier sind. Kann ich ihm irgendetwas ausrichten? Ich nehme an, es ist wichtig, wenn Sie hierher kommen.«

Mr. Emerson runzelte die Stirn.

»Das kann ich nicht bestätigen. Er hat mich vor einer Stunde angerufen und zum Abendessen eingeladen.«

Emma war schon auf dem Weg in die Küche gewesen und hielt inne. Vor einer Stunde. Etwas länger war es her, seit er sie im Wohnzimmer allein gelassen hatte. Sie war noch immer verwirrt über sein Verhalten gewesen. Als er sich zu ihr gesetzt hatte, war er geradezu fürsorglich und zärtlich gewesen. Als sie ihn nach seinem Freundeskreis gefragt hatte, hatte sie gespürt, wie er sich verspannt hatte. Sie hätte die Frage zurücknehmen sollen, hätte sie am besten gar nicht erst gestellt.

Sie hatte geglaubt, er hätte sich wieder gefasst gehabt, als er anfing, sie zu berühren. Für einen Augenblick war wieder alles normal geworden und dann war er gegangen. Einfach so. Von einem Augenblick zum anderen war er weg gewesen.

Emma hatte die letzte Stunde darüber nachgedacht, was sie falsch gemacht hatte. Sie musste etwas falsch gemacht haben. Es war die einzige Erklärung, die ihr für sein Verhalten einfiel. Vielleicht hatte sie mit ihrer Frage einen wunden Punkt getroffen.

»Ich … sage ihm, dass Sie hier sind«, wiederholte sie leiser und ging in die Küche. Wieso hatte er Mr. Emerson hergerufen? Oh Gott, wollte er sie aus dem Vertrag entlassen und hatte Mr. Emerson hergerufen, weil er die rechtliche Seite überwachen sollte? Emma wurde kalt. Mit zitternden Händen griff sie nach dem Telefon in der Küche und rief in seinem Arbeitszimmer an. Sie hörte ihre eigene Stimme, als käme sie von weit her, als sie ihm sagte, dass Mr. Emerson hier sei. Sie legte auf, ohne auf seine Antwort zu warten.

Sie konnte nicht gehen. Er konnte sie nicht wegschicken. Nicht so, nicht jetzt, nicht wo sie dabei war … Sie schüttelte den Kopf. Natürlich konnte er sie wegschicken. Ihre Hände umfassten die Kante der Arbeitsfläche.

»Miss Sullivan …«, sagte Mr. Emerson unsicher hinter ihr.

»Mir geht es gut.« Vielleicht sagte sie es ein wenig zu schnell, vielleicht zitterte ihre Stimme ein wenig. Emma schluckte um den Kloß, der sich in ihrer Kehle formte und riss sich aus ihren Gedanken los.

»Sie sollten schon einmal ins Esszimmer gehen, ich bringe gleich das Essen.«

»Miss Sullivan.« Er griff nach ihrem Arm und Emma zuckte zusammen. Mr. Emerson sah sie erschrocken an und trat einen Schritt zurück. Seine Hände hatte er abwehrend erhoben.

»Miss Sullivan, wenn es irgendetwas gibt, dass ich tun kann, sagen Sie es bitte.«

Er sah sie so eindringlich an, musterte sie, als suche er nach etwas Bestimmten. Emma brauchte einen Augenblick, ehe sie den Sinn seiner Worte verstand. Um Himmels Willen, wie konnte er nur einen Augenblick lang denken, dass ihr Herr …

»Was? Nein! Nein, es ist alles in Ordnung.«

Er sah sie zweifelnd an. Schwieg.

»Es ist wirklich alles in Ordnung.«

»Sie wissen, dass Sie jederzeit aus dem Vertrag aussteigen können, wenn Sie feststellen, dass es nichts für Sie ist.«

»Ich will nicht aus dem Vertrag raus!«

Sie hörte die Verzweiflung in ihrer Stimme und räusperte sich.

»Entschuldigen Sie bitte. Aber ich habe wirklich keinen Grund, aus dem Vertrag herauszuwollen. Sind ... sind Sie deswegen hier?«, wagte sie schließlich zu fragen.

»Will er den Vertrag auflösen?«

Sie wagte nicht, ihn anzusehen. Wo kamen plötzlich diese Tränen her, die in ihren Augen brannten.

»Nein. Nun, zumindest hat er davon nichts gesagt.« Emerson klang verwirrt, als wisse er nicht, was er überhaupt hier sollte.

»Ich bringe gleich das Essen«, wiederholte Emma und wandte sich von Mr. Emerson ab. Er war nicht hier, um eine Vertragsauflösung zu bezeugen. Zumindest glaubte er das nicht. Wirklich beruhigen konnte das ihre Nerven allerdings nicht.

»Was zum Teufel ist hier los?«

»Guten Abend, Matt, schön, dass du kommen konntest, setz dich doch bitte.«

»Nathan, hör auf mit dem Scheiß! Was ist hier los?«, herrschte Matt ihn erneut an.

»Ist es verboten, dass ich einen Freund zum Essen einlade?«, erwiderte Nathan ruhig und nahm Platz.

»Wieso glaubt Miss Sullivan, dass du den Vertrag auflösen willst?«

Er starrte Matt wortlos an. Sein Magen krampfte sich schmerzhaft zusammen.

»Will sie das?«

»Sie sagt nein, aber sie scheint zu glauben, dass du das willst. Würdest du mir also erklären, was hier los ist? Du rufst mich an und lädst mich in einer Stunde zum Abendessen ein. Einfach so, ohne Grund. Dann komme ich her und finde eine sichtlich aufgewühlte Miss Sullivan vor, die Angst davor zu haben scheint, dass du sie vor die Tür setzen willst. Also was zur Hölle ist los? Ich habe mich nur auf diesen Unfug eingelassen, weil ich davon überzeugt war, dass du weißt, was du tust und nicht zu viel von der Frau verlangen wirst, die du ...«

»Herrgott, Matt!« Nathan stand auf und lief unruhig im Zimmer hin und her. »Natürlich weiß ich, was ich tue. Dachte ich.« Die letzten Worte waren nur ein Flüstern. Er blieb am Fenster stehen und sah in die Dämmerung hinaus. Irgendetwas war schief gelaufen. Er hätte gehen sollen, sich nicht zu ihr setzen sollen. Und doch, wenn er die Zeit zurückdrehen könnte, würde er es wieder tun.

»Nathan?«

»Ich bin ein verdammter Idiot.«

»Was ist passiert?«, fragte Matt und seufzte.

Nathan schüttelte den Kopf. Matt würde es nicht verstehen. Wie konnte er, wenn Nathan selbst es nicht verstand. Er wusste nicht, was mit ihm los war, was ihn so irrational handeln ließ.

»Du ... behandelst sie doch gut, oder?«

Nathan warf ihm über die Schulter einen vernichtenden Blick zu.

»Du fragst hoffentlich nicht, was ich denke, dass du fragst.«

Matt hob abwehrend die Arme.

»Hey, ich habe keine Ahnung von diesem Lifestyle, den du auslebst. Ich weiß nur, dass es nicht jedermanns Sache ist und ich würde Miss Sullivan nicht so einschätzen, als wäre es ihre Sache. Ich meine ja nur, dass du vielleicht gar nicht merkst, dass sie sich nicht wohlfühlt und sich dazu überwinden muss.«

Nathan wandte den Blick wieder ab. Matt hatte keine Ahnung. Nathan konnte sich an keine Frau erinnern, die besser in sein Leben gepasst hätte. Sie war perfekt. Er schüttelte den Kopf. Was dachte er denn da für einen Irrsinn.

»Nein, es geht ihr gut«, versicherte er seinen Freund und ging zur Bar.

»Whisky? Ich brauche jetzt jedenfalls einen. Überhaupt brauche ich mal wieder einen Abend in männlicher Gesellschaft.«

Er hörte Matts Schnauben, doch sein Freund widersprach

ihm nicht. Also schenkte Nathan zwei Whiskys ein und brachte sie beide zum Tisch.

»Iss. In einer halben Stunde startet das Spiel im Fernsehen.« Das war es, was er brauchte, um seinen Verstand zu klären. Alkohol, Sport und Männergespräche. Dann konnte er vergessen, dass er am Nachmittag Emma einen Liebesroman vorgelesen hatte und es ihm gefallen hatte, einfach so mit ihr dazusitzen. Er leerte den Whisky mit einem Zug, stellte Matts Glas vor ihn und ging zur Bar zurück.

»Ich brauche noch einen«, erklärte er und schenkte sich nach.

Kapitel 10

Drei Tage später hielt Emma es nicht länger aus. Drei Tage hatte er kein Wort mit ihr gewechselt, sie nicht zu sich gerufen, sie nicht berührt, nichts. Absolut gar nichts.

»Herr, es tut mir leid«, sagte sie, als sie ihm die Post, die an Matthew Emerson adressiert war, in sein Arbeitszimmer brachte.

»Was tut dir leid, Emma?«, fragte er und sie hörte die Verwirrung in seiner Stimme.

»Was auch immer ich getan habe, Herr.«

Er schwieg. Emma hörte, wie sich sein Stuhl bewegte. Doch sie hörte keine Schritte. Seine Stimme sagte ihr, dass er noch immer hinter dem Schreibtisch saß.

»Ich fürchte, ich verstehe nicht, was du meinst.«

»Irgendetwas muss ich getan haben und dafür möchte ich mich entschuldigen. Und wenn du mir sagst, was es war, werde ich es nie wieder tun und ich nehme jede Bestrafung an, die du mir auferlegst.«

»Wie kommst du darauf, dass du etwas getan hast, dass eine Bestrafung rechtfertigen würde? Oder sehnst du dich einfach danach, bestraft zu werden?«

Das auch, doch sie verkniff sich diese Antwort.

»Herr, du hast vor drei Tagen zum letzten Mal mit mir geredet. Ich muss also irgendetwas getan haben, dass dich so sehr verärgert hat, dass du nicht einmal mehr meine Anwesenheit ertragen kannst.« Sie hoffte, dass ihre Stimme nicht so sehr zitterte, wie es ihre Hände hinter dem Rücken derzeit taten.

Tränen brannten erneut in ihren Augen. Sie wollte nicht, dass er wütend auf sie war. Es sollte sie nicht kümmern, es sollte ihr wirklich egal sein, was er von ihr hielt, aber sie konnte den Gedanken nicht ertragen, dass er sie hassen könnte.

Er seufzte und Emma konnte erneut hören, wie sein Stuhl sich bewegte. Dieses Mal stand er auf. Sie hörte seine Schritte, die sich ihr näherten. Seine Hände legten sich auf ihre Wangen und er hob ihren Kopf an, gerade so, als könne er ihr in die Augen sehen.

»Du hast keinen Grund, dich zu entschuldigen, Emma. Du hast nichts falsch gemacht.«

»Was ist es dann?«, fragte sie leise.

»Ich habe einfach viel um die Ohren.«

Er log. Sie wusste nicht, wieso sie sich da so sicher war. Vielleicht lag es an einer feinen Nuance in seiner Stimme, die sie wahrnahm, vielleicht war es auch einfach nur die Überzeugung, dass er etwas vor ihr geheim hielt. Sie trat einen Schritt zurück und schluckte.

»Dann will ich dich nicht länger stören.« Sie wandte sich ab und war bereits auf dem Weg zur Tür, als sich seine Hand um ihr Handgelenk schloss.

»Bleib, Emma.« Seine Stimme war leise. Er trat hinter sie, schloss die Entfernung zwischen ihnen und zog sie an seine Brust. Seine Hände strichen über ihre Arme. Sie blieben auf ihren Schultern liegen.

»Du sagtest, du hast viel um die Ohren«, erinnerte sie ihn. Sie spürte seinen Atem an ihrem Ohr, seine Lippen. Instinktiv lehnte sie sich zurück, legte den Kopf an seine Schulter.

»Ich nehme mir die Zeit. Du hast Recht, es ist viel zu lange her.« Seine Hände glitten von ihren Schultern über ihren Oberkörper hinab. Er griff nach dem Saum ihres Oberteils und zog es hoch. Emma hob die Arme, ließ es ihn ausziehen. Seine Hände schlossen sich um ihren Busen. Seine Finger schlossen sich um ihre Brustwarzen und er zog daran. Emma zog hörbar die Luft ein.

»Wie lange ist es her, seit du die Nippelklemmen zum letzten Mal getragen hast, Emma?«, fragte er an ihrem Ohr.

»Viel zu lange, Herr«, gab Emma zur Antwort. Sie wusste, dass er ablenkte, dass er ihr etwas verschwieg. Aber es war nicht ihr Platz, weiter danach zu fragen. Ihr Platz war genau hier, in seinen Armen, als Empfänger jeder Berührung, die er ihr zuteilwerden lassen wollte.

Er lachte leise und es schien auf einmal alles wieder gut und richtig zu sein.

»Das sehe ich auch so.« Er ließ sie los, ging zurück zum Schreibtisch. Emma wusste aus Erfahrung, dass er ein Paar der Klemmen in einer Schublade aufbewahrte. Und nicht nur die Klemmen. Sie erschauderte, als sie an die Orgasmen dachte, die sie dank des Inhaltes dieser Schublade bereits in seinem Arbeitszimmer erlebt hatte.

Sie spürte seine Knöchel über ihre Brüste streifen und zuckte zusammen. Sie war derart in Gedanken versunken gewesen, dass sie ihn nicht hatte zu ihr zurückkommen hören.

»Du willst, dass ich dir die Klemmen anlege, Emma?«

»Ja, Herr«, flüsterte sie und hielt den Atem an, als er ihr die Klemmen anlegte. Emma biss sich auf die Lippen, als der Schmerz sie durchfuhr. Es war tatsächlich viel zu lange her gewesen.

»Zieh den Rock aus«, forderte er sie auf und sie beeilte sich, dem Befehl nachzukommen.

»Sag mir, was du willst, Emma.« Seine Hand strich über ihren Bauch, glitt tiefer, zwischen ihre Beine. Er streichelte sie und Emma spürte, wie sie feucht wurde. Was sie wollte? Diese Frage war einfach zu beantworten. Ihn und alles, was er bereit war, ihr zu geben. Gott, sie war wirklich eine verdammte Närrin.

»Dich, Herr«, antwortete sie wahrheitsgemäß, überzeugt davon, dass er sie nicht so wörtlich nehmen würde, wie sie selbst es gerade meinte.

»Wo, Emma, wo willst du mich?« Er stand neben ihr, eine Hand an ihrer Scheide, die andere an ihrem Anus. Emma hatte genau eine Sekunde, sich zu entscheiden.

»Nimm meinen Hintern, Herr, bitte.«

Er drängte mit dem Finger in sie und Emma stöhnte. Sie

wollte tatsächlich alles, was er ihr geben konnte und sie wollte alles mitnehmen, so lange sie es noch konnte. Das Jahr würde viel zu schnell vorüber gehen, das war ihr in den letzten drei Tagen schmerzlich bewusst geworden. Sie konnte sich nicht vorstellen, danach je wieder mit einem Mann auf diese Art zusammen zu sein.

Er führte sie zum Schreibtisch und Emma lehnte den Oberkörper auf die kühle Glasfläche, stöhnte, als die Klemmen um ihre Brustwarzen zwischen ihrem Körper und dem Glas eingeklemmt wurden. Sie seufzte zufrieden auf, als sie das Gleitgel um ihren Anus spürte.

»Bitte, Herr, bitte«, stöhnte sie und suchte mit den Händen auf dem Tisch nach Halt. Er griff nach ihnen, legte sie auf ihren Hintern.

»Zeig mir, wo du mich willst, Emma«, forderte er sie auf und Emma spreizte ihre Pobacken für ihn.

Sie fühlte ihn langsam in sich eindringen. Gott, sie hatte ihn vermisst. Seine Hände griffen nach ihren Hüften, hielten sie fest, während er tiefer in sie glitt. Ihre Hände blieben auf ihrem Po. Sie spürte ihn an ihren Fingern, sehnte sich danach, ihn anfassen zu dürfen. Doch sie hielt sich eisern zurück.

Als er ganz in ihr war, ließ seine rechte Hand ihre Hüften los, streichelte über ihren Rücken. Einen Moment lang verharrte er reglos in ihr. Er stöhnte und Emma spürte, wie sein Glied in ihr pulsierte.

»Es war wirklich viel zu lang«, presste er heraus und zog sich langsam aus ihr zurück. Seine Hand auf ihrem Rücken griff in ihr Haar, zog daran, so dass sie den Kopf in den Nacken legen musste. Langsam drang er wieder in sie ein, lockerte ihre engen Muskeln um seine Erektion.

»Mehr«, keuchte sie und versuchte, ihre Pobacken weiter zu spreizen, wollte ihn ganz tief in sich spüren, fest und hart. Er kam ihrer Bitte nach, stieß fester in ihren engen Po und Emma stöhnte, drängte sich ihm entgegen. Seine Bewegungen wurden schneller, härter und er zog sie an seinen Körper zurück, ließ sie spüren, wie tief er in ihr war, während er an ihrem Ohr ihren Namen stöhnte. Seine linke Hand löste sich nun ebenfalls von ihren Hüften, glitt um ihren Körper und er drang mit drei Fingern in ihre feuchte Scheide ein, rieb mit dem Daumen über ihren Kitzler.

»Ich will, dass du kommst, Emma. Ich will, dass du kommst und dabei schreist.«

Es dauerte nicht lange, bis sie seinem Befehl nachkommen konnte. Er ließ sie los, als sie kam, ließ ihren Oberkörper wieder auf den Tisch gleiten und griff nach ihren Hüften, nahm sie mit einem gnadenlosen Rhythmus, bis er selbst seinen Orgasmus in ihr fand.

Emma keuchte, während sie seinen heißen Samen in ihren Körper fließen ließ. Das kalte Glas fühlte sich angenehm an ihrer überhitzten Haut an und sie blieb noch einen Moment so liegen, als er sich langsam aus ihr gelöst hatte.

»Danke, Herr.« Sie klang immer noch atemlos, als sie sich langsam vom Schreibtisch erhob. Seine Hand legte sich in ihren Nacken, drehte sie zu sich um. Seine Lippen legten sich fest auf ihre, seine Zunge drang gierig in ihren Mund.

»Vor dem Mittagessen wirst du nackt im Esszimmer auf mich warten.«

»Ja, Herr«, sagte Emma und versuchte, ein zufriedenes Lächeln zu verbergen.

»Und Emma? Die Klemmen trägst du bis dahin. Und zwar nur die Klemmen.«

Sie öffnete den Mund, stockte, schloss ihn wieder. Dann nickte sie und fuhr sich mit der Zunge über die Lippen.

»Ja, Herr.« Sie ließ ihre Kleidung in seinem Arbeitszimmer, als sie es verließ. Die Post war an diesem Morgen recht spät gekommen. Es war bereits an der Zeit für sie, sich um das Mittagessen zu kümmern.

Ihr Leben normalisierte sich von diesem Tag an wieder. Emma genoss jeden Augenblick in vollen Zügen. Matthew Emerson kam nun regelmäßig an zwei oder drei Abenden im Monat, an denen Emma sich in ihr Zimmer zurückzog, während die beiden Männer taten, was auch immer Männer taten, wenn sie allein waren. Emma ging davon aus, dass es Alkohol beinhaltete. Alkohol und Gespräche über Sport und Frauen. Sie wagte jedoch nicht einmal daran zu denken, dass es bei diesen Gesprächen auch um sie gehen könnte.

Hin und wieder suchte ihr Herr sie im Wohnzimmer auf, wie an dem Tag, an dem er sich zu ihr gesetzt und ihr vorgelesen hatte. Es waren seltene Augenblicke und Emma hütete sich, während dieser Momente etwas Unbedachtes zu sagen. Meistens redete sie über ihr Leben oder besser gesagt darüber, was es einmal gewesen war. Sie erzählte von ihrer Schulzeit, ihren Freunden, dem Buchladen ihrer Eltern. Sie plauderte vor sich hin, und ab und an stellte er eine Frage, die ihr zeigte, dass er tatsächlich zuhörte.

Außerdem erinnerte er sich wieder daran, sie regelmäßig zu züchtigen. Ihr Hintern brannte noch immer von den Schlägen, die sie am Tag zuvor erhalten hatte und jede Bewegung, jeder Schritt, den sie tat, brachte die Erinnerung daran zurück. Jede Bewegung sorgte aber auch dafür, dass sich ihre Muskeln fester um den Analplug schlossen, den sie seit ein paar Minuten trug und sie genoss das Gefühl.

Die Hand ihres Herrn legte sich auf ihren Hintern, der nun wieder vom Stoff ihrer Jeans bedeckt war und sie konnte ein Stöhnen nicht verhindern. Noch stärker spürte sie die Nippelklemmen um ihre Brustwarzen, als sie den Pullover wieder anzog und sich der Stoff über die Klemmen legte.

»Du wirst sie bis morgen früh tragen, Emma«, erinnerte er sie und strich nun auch über ihren Busen. Emma seufzte und lehnte sich in seine Berührung.

»Ja, Herr«, antwortete sie und verließ das Wohnzimmer, als er sie gehen ließ.

Heute war einer der Abende, an denen Nathan und Matt ihren Männerabend hatten. Emma hatte vor, früh zu Bett zu gehen und hoffte, dass Schlafen ihre Lust ein wenig eindämmen würde.

Sie bereitete das Abendessen vor, machte sich selbst ein Sandwich, welches sie mit auf ihr Zimmer nehmen und bei einem kurzen Filmabend zu sich nehmen wollte, als es an der Tür klingelte. Emma öffnete Matt mit einem Lächeln die Tür, nachdem sie sich davon überzeugt hatte, dass ihr Pullover an den richtigen Stellen Falten warf, um die Nippelklemmen zu verbergen.

»Guten Abend, Emma«, grüßte Matt sie und Emma erwiderte seine Begrüßung. Sie hatte ihn vor einigen Wochen gebeten, sie nicht mehr mit Miss Sullivan anzureden.

»Geh doch schon ins Esszimmer, ich bringe gleich das Essen«, schlug sie vor, doch wie jedes Mal bestand Matt darauf, ihr zu helfen und seinen Teller selbst ins Esszimmer zu bringen.

»Geht es dir gut?«, fragte er, bevor sie ihn alleinlassen konnte. Er stellte die Frage jedes Mal, musterte sie dabei jedes Mal auf diese eindringliche Weise, als warte er nur darauf, sie beim Lügen zu ertappen.

»Natürlich. Mir geht es ausgezeichnet.« Sie sagte dies mit einem Lächeln auf den Lippen und kehrte in die Küche zurück. Sie hatte schon ihren Teller in der Hand und wollte in ihr Zimmer im Obergeschoss gehen, als ihr auffiel, dass sie das Brot, das dem Abendessen der Männer als Beilage dienen sollte, vergessen hatte. Als sie zur Esszimmertür ging, hörte sie, dass Matt nicht mehr allein war und verband sich die Augen, ehe sie das Esszimmer betrat.

»Entschuldigt bitte, ich habe das Brot vergessen.« Sie ging zielstrebig zum Tisch. Inzwischen gab es keinen Raum mehr im Haus, in dem sie sich nicht blind zurechtfand.

Eine Hand schloss sich um ihr Handgelenk und ihr Herr zog sie an sich und legte einen Arm um ihre Taille.

»Emma, Matt hier macht sich Sorgen um dich. Er glaubt, du könntest dich nicht wohlfühlen.« Seine Hand glitt über ihre Hüften und Emma lehnte sich instinktiv an ihn.

»Mir geht es ausgezeichnet, das sagte ich doch schon, Matt«, wiederholte sie sich.

»Ich habe auch nicht gesagt …«, begann Matt offensichtlich zwischen zusammengepressten Zähnen hervorzupressen.

»Du hast gesagt, dass du nicht verstehen kannst, wieso Emma immer noch hier ist«, unterbrach ihr Herr ihn und Matt schwieg.

»Also, Emma, gefällt es dir hier?« Seine Hand glitt unmerklich tiefer und sein Arm streifte ihren Hintern. Emma biss sich auf die Lippen, um ein Stöhnen zu unterdrücken.

»Ja, Herr, mir gefällt es hier sehr gut.«

»Siehst du, Matt?« Als er sie losließ, strich seine Hand über ihren Hintern und Emma hätte ihn am liebsten angefleht, sie noch einmal zu nehmen, ehe sie die ganze Nacht allein in ihrem Bett verbringen musste. Stattdessen biss sie sich auf die Innenseite ihrer Wangen, lächelte noch einmal zum Abschied und zog sich zurück. Es würde eine verdammt lange Nacht werden.

»Was?«, fragte Nathan, als sein Freund ihn lange schweigend ansah. Matt kniff die Augen zusammen und neigte den Kopf zur Seite.

»Was ist denn?«, fragte Nathan erneut. »Du hast doch gehört, Emma geht es gut, sie ist gerne hier, was willst du noch?«

»Du siehst anders aus«, stellte Matt fest und musterte Nathan langsam von Kopf bis Fuß. Oder zumindest soweit er ihn auf der anderen Seite des Tisches sehen konnte.

Nathan schnaubte und trank einen Schluck Bier.

»Ich sehe genauso aus, wie jeden Tag der letzten Jahre.« Er musste es wissen. Jeden Morgen betrachtete er sich im Spiegel, als hoffe er noch immer, der Autounfall wäre nur ein böser Traum gewesen und die Narben wären verschwunden.

»Nein, das meine ich nicht. Etwas ist anders.« Matt öffnete die Augen und starrte Nathan überrascht an. »Du hast gelächelt! Ich meine, richtig gelächelt! Als Emma hier war.«

Nathan schnaubte erneut.

»Du redest wirres Zeug, Matt. Ich glaube, du solltest besser nichts mehr trinken und vielleicht heute Nacht besser hier schlafen. Es gibt noch ein Gästezimmer.«

»Nathan Blackbourne, so wahr ich hier sitze, du hast gelächelt, als du Emma gesehen hast. Und ich rede hier nicht von deinem üblichen arroganten Nathan-Blackbourne-ist-der-King-Lächeln. Nein, es war ein richtiges Lächeln.«

Nathan stand auf und schüttelte den Kopf.

»Du redest Unsinn! Wenn du dann zu Ende gegessen hast ...«

»Oh. Mein. Gott.«

Nathan schloss für einen Moment die Augen. Er wagte es nicht, sich zu Matt umzudrehen. Seine Hand schloss sich fester um den Hals der Bierflasche. *Sag es nicht*, flehte er innerlich.

»Du bist verknallt!«

Da, er hatte es gesagt. Matt klang dabei so ungläubig, wie Nathan selbst sich fühlte. Er konnte sich selbst eingestehen, dass Emma ihm mehr bedeutete, dies aber auch vor Matt zuzugeben, war vollkommen unmöglich. Nathan traute seinem Freund sogar zu, mit Emma darüber zu reden. Gott bewahre.

»Wie gesagt, du redest Unsinn. Wenn du aber lieber über Gefühle quatschen willst, ich glaube Emma schaut einen Jane Austen Film oder so etwas. Du kannst dich gern zu ihr gesellen. Ich schaue mir jetzt das Spiel von Arsenal an.«

Irgendwie gelang es Nathan, das Thema zumindest für diesen Abend auf Eis zu legen. Doch ihm war klar, dass Matt bei jedem künftigen Besuch wie ein Bluthund nach einem Anzeichen für seine Behauptung suchen würde.

Kapitel 11

Es war jedoch nicht Matts ständige Überwachung, die ihn dazu brachte, sich einzugestehen, dass er begann, etwas für Emma zu empfinden und sie näher an sich heranließ, als er es in den letzten Jahren anderen Frauen gestattet hatte.

Es war eigentlich nur ein Zufall, ein Versehen oder ein Wink des Schicksals.

Denn der Tag begann eigentlich wie immer. Emma kniete auf dem Boden seines Arbeitszimmers, die Lippen fest um seine Erektion geschlossen, während seine Hände leichten Druck auf ihren Hinterkopf ausübten.

Ihr Stöhnen vibrierte um sein Glied, drang an seine Ohren. Nathan drängte ihr seine Hüften entgegen, glitt tiefer in ihren saugenden Mund, ehe er mit einem tiefen Stöhnen in ihr kam. Als er aus ihr herausglitt, strich er mit den Fingern über ihre Lippen. Emma schloss den Mund um seinen Finger, leckte an ihm, bevor sie ihn wieder entließ.

Nathan strich ihr über das Haar, ließ sie den Kopf in den Nacken legen. Er trat einen Schritt von ihr zurück und betrachtete sie, während er seine Hose wieder schloss. Ihr Atem beruhigte sich langsam und Nathan sah zu, wie sich ihr Busen langsamer hob und senkte. Die Nippelklemmen reflektierten das Deckenlicht und ließen sie tatsächlich wie Schmuckstücke aussehen.

»Bist du feucht, Emma?«, fragte er sie und lehnte sich an den Schreibtisch.

»Ja, Herr«, erwiderte sie.

»Steh auf und komm zum Schreibtisch.«

Emma folgte seinem Befehl und ließ sich von ihm über den Tisch lehnen. Ein leichter Klaps auf ihren Hintern genügte, um ihr zu bedeuten, dass sie die Beine spreizen sollte. Er strich mit der Hand über ihre Schamlippen, verteilte ihren Nektar großzügig, ohne ihr wirklich Erleichterung zu verschaffen.

Er holte aus und schlug fest auf ihren Hintern, sah zu, wie sie zusammenzuckte, hörte, wie sie erschrocken nach Luft japste und gab ihr sofort einen zweiten Schlag.

Nathan wusste genau, wie er ihr die größten Lustschmerzen bereiten konnte. Sein nächster Schlag traf sie tiefer auf dem Hintern, dicht an ihrem Oberschenkel und Emma wimmerte leise, schrie auf, als sein nächster Schlag ihre feuchten Schamlippen traf.

Sie drängte sich ihm suchend entgegen und Nathan hörte ein atemloses »bitte, Herr, mehr« von ihren Lippen perlen. Er kam ihrer Bitte nur zu gern nach, fuhr damit fort, seine Hand auf ihren Hintern niederprasseln zu lassen, bis dieser feuerrot glühte. Er konnte nur ahnen, wie sich ihre Muskeln um den Analplug verkrampften.

»Du willst doch noch nicht kommen, Emma, oder? Nicht ohne meine Erlaubnis.«

»Nein, Herr«, keuchte sie und Nathan streichelte zärtlich ihren geschundenen Hintern.

»Sehr gut, Emma. Dann wirst du es ja auch bis zum Mittagessen aushalten, nicht zu kommen, nicht wahr?«

»Nein, Herr, ich werde nicht kommen«, versprach sie. Nathan öffnete die Schublade und holte das Vibratorei heraus. Er rieb es über Emmas feuchte Öffnung, nahm sich seine Zeit, es einzuführen und genoss ihr Stöhnen, als er es tief in sie schob. Sie zitterte, als er es anstellte und stöhnte erneut.

Nathan hätte sie den restlichen Morgen beobachten können, wie sie so über seinem Schreibtisch ausgestreckt lag, den Blick sowohl auf ihren Analplug als auch auf ihre feuchten Schamlippen freigab. Leider hatte er noch Arbeit zu erledigen.

Emma hielt sich am Esszimmertisch fest, stöhnte, als das Ei stärker zu vibrieren begann. Sie biss sich auf die Lippen, versuchte, den Höhepunkt zurückzuhalten. Sie wusste, dass er in der Nähe war, sie wahrscheinlich beobachtete.

Ihr Atem ging stoßweise und ihre Fingernägel kratzten über die hölzerne Tischplatte.

»Bitte, Herr«, flehte sie über die Schulter. Sie hörte seine Schritte auf sie zukommen. Die Vibrationen wurden erneut stärker und Emma stöhnte laut auf. Ihre Knie wurden weich und sie lehnte sich mit den Ellbogen auf den Tisch.

»Bitte, Herr, bitte lass mich kommen«, bettelte sie erneut. Er sagte nichts, doch Emma wusste, dass er dicht hinter ihr stand. Seine Hand legte sich auf ihren Po und sie wimmerte, als er fester zupackte.

»So ungeduldig, Emma?«

»Bitte, Herr, bitte, ich halte das nicht mehr aus.«

»Noch nicht, Emma.« Sie hörte, wie er sich von ihr abwandte.

»Bitte.« Ohne darüber nachzudenken, was sie tat, streckte sie die Hand nach ihm aus und griff nach seinem Arm. Ihre Finger schlossen sich um die nackte Haut seines Arms. Einen Augenblick lang schienen beide wie erstarrt.

Emma schnappte erschrocken nach Luft, zog ihre Hand zurück und wandte sich zu ihm um.

»Es tut mir leid, ich wollte das nicht, ich ... bitte entschuldige.« Wirf mich nicht raus. Doch den letzten Satz sagte sie nicht. Das Vibrieren stoppte augenblicklich und sie hörte, wie sich seine Schritte entfernten. Emma unterdrückte ein Schluchzen, als sie auf die Knie sank und die Arme um ihre Mitte schlang. Drei einfache Regeln und sie hatte es geschafft, eine davon zu brechen.

Nathan tigerte in seinem Arbeitszimmer auf und ab. Sie hatte seine Regel missachtet. Er hatte geglaubt, die eine Frau gefunden zu haben, die sich wahrhaftig an seine Anforderungen anpasste, die tat, was er von ihr verlangte, aber er hatte sich getäuscht.

Er schlug mit der flachen Hand auf den Tisch und versuchte, sich zu beruhigen. Doch es half nichts. Er kehrte ins Esszimmer zurück und befahl Emma knapp, aufzustehen. Er griff nach ihrer Hand und führte sie in den Keller hinunter.

»Herr?«, fragte sie unsicher, als sie die Treppen hinabstiegen.

»Sei still, Emma. Ich will jetzt kein Wort von dir hören, wenn es nicht eines deiner Safewords ist.«

Sie sagte nichts, doch aus den Augenwinkeln sah er, wie sie nickte. Er hielt an und wartete darauf, dass Emma sich auszog, ehe er sie in den Raum führte. Sein Griff um ihr Handgelenk war fest, als er sie zur anderen Seite führte und sie an Handgelenken und Knöcheln am Andreaskreuz festband, mit dem Gesicht zu ihm. Er wollte ihre Emotionen sehen können.

»Ich sollte dich sofort nach Hause schicken«, teilte er ihr mit, während er die Fesseln schloss und zurücktrat. Sie sagte noch immer kein Wort. Ihr Kopf war leicht nach vorn gebeugt, entschuldigend, unterwürfig. Verdammt, sie machte es ihm fast unmöglich einen klaren Gedanken zu fassen.

Mit schnellen Schritten ging er durch den Raum, griff nach einer Gerte und kehrte mit dieser zu ihr zurück. Nathan selbst schwieg ebenfalls, während er die Gerte auf ihren Busen schnellen ließ. Emma biss sich auf die Lippen, konnte jedoch nicht verhindern, dass sie zusammenzuckte. Nathan ließ die Gerte erneut auf ihren Busen treffen. Er stellte dabei sicher, dass sie das Leder nah an ihren Brustwarzen traf, an denen noch immer die Klemmen befestigt waren. Emma stöhnte, doch sie sagte kein Wort. Er schlug ihre Brust erneut mit der Gerte, sah zu, wie sich rote Streifen auf ihrer Haut bildeten, hörte, wie Emma schneller atmete, sich unter den Schlägen wandte. Noch immer sagte sie kein Wort. Sie ertrug einfach die Strafe, die er ihr zugedacht hatte.

Als er die Gerte zwischen ihre Beine schob, entlockte er ihr einen schmerzhaften Aufschrei, dem ein lustvolles Stöhnen folgte. Er konnte sehen, wie ihre Oberschenkel feucht wurden und ließ die Gerte auch dort ihre empfindliche Haut küssen.

Nathans Atem ging schneller, als er die Gerte zur Seite legte. Er zog das Vibratorei aus ihrer Scheide und schob mit einem festen Stoß drei Finger in sie. Ihre Muskeln schlossen sich augenblicklich um ihn, doch Nathan ließ sofort wieder von ihr ab, wischte mit den Fingern über ihren Bauch.

»Welche Regeln habe ich dir gegeben, als du hier eingezogen bist?«, presste er zwischen den Zähnen hervor und hob seine Hände zu ihrer Brust, zog an den Klemmen. Emma stöhnte.

»Antworte mir, Emma.«

»Ich darf dich nicht sehen, deinen Namen nicht erfahren, dich nicht berühren.«

»Und trotzdem hast du mich eben berührt. Wieso?«

»Ich weiß nicht.« Sie wimmerte, als er erneut an den Klemmen zog. »Ich ... ich habe nicht nachgedacht. Es tut mir leid, Herr, ich ...«

Er ließ eine Hand seitlich auf ihre Brust schlagen und Emma stöhnte erneut auf, rieb ihren Körper an dem Kreuz.

»Du dachtest, du könntest gegen die Regeln verstoßen?«

»Nein, Herr, ich habe nicht darüber nachgedacht, was ich tue. Ich wollte nicht ...« Sie hielt inne, schloss den Mund, schüttelte leicht den Kopf.

»Du wolltest was nicht, Emma?«, fragte er, doch Emma schüttelte erneut den Kopf. »Emma, antworte mir. Wolltest du mir nicht gerade sagen, dass du mich nicht anfassen wolltest?«

»Das wollte ich sagen, Herr, aber ...« Sie schluckte, fuhr sich mit der Zunge über die Lippen. Ihre Stimme war leiser, als sie weitersprach: »Es wäre eine Lüge.«

»Dann wolltest du die Regeln also doch brechen.«

»Nein«, beharrte Emma. »Ich wollte deine Regeln nicht brechen.«

»Aber du wolltest mich berühren?«

»Ja, Herr«, sagte Emma und senkte den Kopf noch weiter. »Das will ich immer, wenn ich bei dir bin.«

Ihre Worte verwirrten ihn. Nathan sah sie kopfschüttelnd an.

»Wieso?«, fragte er schließlich. Er ballte die Hände zu Fäusten. Er war es so leid. Er hatte gehofft, sie wäre anders, war bereits davon überzeugt gewesen, dass sie anders war. Wieso musste sie so sein wie alle anderen.

»Wieso ich dich berühren will?«

»Ja, verdammt nochmal. Wieso willst du mich unbedingt berühren, Emma? Glaubst du, dadurch irgendetwas zu gewinnen? Glaubst du, meine Identität erkennen zu können?«

»Nein. Ich will nur …«

»Was?« Er schrie und fuhr sich mit der Hand übers Gesicht. Verdammt, er hatte seit Jahren nicht die Fassung verloren.

»Ich will dich spüren«, flüsterte Emma.

Nathan sah sie an.

»Ich will deinen Körper fühlen können, ich will wissen, wie es sich anfühlt, mit den Händen über deine Brust zu streicheln, deinen Herzschlag unter meinen Fingern zu spüren. Ich will dich berühren dürfen, wie du mich berührst.«

Nathan schnaubte. Er zog sich das Hemd über den Kopf und ließ es zu Boden fallen. Dann griff er über sie, löste ihre rechte Hand aus den Fesseln und legte sie auf seine Brust, ließ sie die größte der Narben fühlen. Er wusste nicht, welcher Dämon ihn geritten hatte, doch jetzt gab es kein Zurück mehr.

»Ist es das, was du willst? Spürst du das? Mein Körper ist nichts, was du berühren wollen solltest, Emma.«

Er ließ ihre Hand los, doch Emma ließ ihre auf seiner Brust ruhen, fuhr mit den Fingerspitzen über die Narbe. Er sah, wie sie schluckte. Es war zu viel. Er wollte kein Mitleid, keine Abscheu. Er war nur froh, dass sie ihn nicht sehen konnte. Er war ein Monster. Er hatte sich damit abgefunden und war töricht genug gewesen, zu glauben, vor Emma diese Wahrheit zu verbergen.

Mit einem Seufzen löste er ihre linke Hand ebenfalls aus den Fesseln. Dann folgten ihre Füße. Er nahm die Klemmen von ihren Brustwarzen und ließ sie neben sich zu Boden fallen.

»Du kannst gehen.«

Emma streckte eine Hand nach ihm aus, berührte zaghaft seine Brust. Nathan unterdrückte den Drang zu fliehen. Ebenso wie er den Drang unterdrückte, sie an sich zu ziehen und in den Armen zu halten. Er stand regungslos da, als sie ihre Hände über seine Brust gleiten ließ, jede Narbe auf dem Weg zu seinen Schultern wahrnahm. Nathan sah über ihr hinweg auf die Wand. Er wollte nicht sehen, wie sich ihr Gesicht zu einer Grimasse verzog.

Ihre Hände legten sich auf sein Gesicht, ihre Fingerspitzen fuhren auch hier über die Narben, fanden sie, streichelten sie.

Sie überraschte ihn, als sie sich auf die Zehenspitzen stellte und einen Kuss auf eine Narbe auf seiner Wange hauchte.

»Darf ich bleiben, Herr?«, fragte sie und hielt sich an seinen Schultern fest, um die nächste Narbe an seiner Schläfe zu küssen.

»Bitte, lass mich bleiben«, bat sie an seinen Lippen.

Er war verdammt und er war ein Idiot. Es war ein Fehler, nachzugeben. Er sollte sie wegschicken. Jetzt. Bevor es schlimmer wurde.

Nathan gab seinem Drang endlich nach. Er schloss die Arme um sie und zog sie an sich, küsste sie. Ihre Hände strichen über seine Schultern, glitten in seinen Nacken. Sie umschlang ihn und seufzte zufrieden an seinen Lippen.

Als sie sich von ihm löste, machten sich ihre Hände erneut auf die Suche nach den Narben auf seinem Körper. Jede einzelne, die sie fand, streichelte sie zärtlich, ehe sie sie mit ihren Lippen und ihrer Zunge liebkoste. Nathan vergrub seine Hände in ihrem Haar und begann bald, sie über seinen narbenübersäten Körper zu führen.

Sie ging vor ihm auf die Knie, ihre Hände schlossen sich um sein Glied. Nathan stöhnte, als sie ihn streichelte, ihn an ihre Lippen führte und der Länge nach über seine Erektion leckte, bevor sie ihn in den Mund nahm. Ihre Hände strichen über seine Beine, umrundeten seine Oberschenkel und vergruben sich in seinen Pobacken. Sie zog ihn näher an sich, nahm ihn tiefer in ihren Mund, noch ehe Nathan in sie eindringen konnte.

Er wartete darauf, jeden Augenblick zu erwachen, allein seinem Bett. Stattdessen spürte er Emmas Lippen um sein Glied fester werden. Eine Hand kehrte zwischen seine Beine zurück und er spürte, wie sie seine Hoden streichelte, ihre Finger sanft darum schloss, während sie stärker an ihm saugte.

Er stöhnte, drängte sich tiefer in ihren Mund und ergoss sich schließlich in ihrer Kehle.

Nathan zog sich aus ihr zurück, beugte sich zu ihr und hob sie in seine Arme.

»Herr, heißt das, ich darf bleiben?«, fragte Emma, während sie langsam die Arme um seinen Hals legte. Nathan lachte leise und küsste ihre Schläfe.

»Was hältst du davon, mir den Rest des Tages zu beweisen, wieso ich dich nicht wegschicken sollte?«

»Sehr gerne, Herr«, erwiderte Emma mit einem Lächeln.

Emma räkelte sich auf dem Bett und zog die Decke fester um die Schulter. Sie war in dieser Nacht nicht in ihr Zimmer zurückgekehrt. Ihr Herr hatte sie in sein Schlafzimmer getragen, ihre Hände erneut mit den Seidenschals ans Kopfende des Bettes gefesselt. Er hatte jeden Zentimeter ihres Körpers mit seinem Mund erkundet, hatte sich an den Stellen, die noch immer von der Berührung der Gerte brannten, besonders viel Zeit gelassen. Seine Lippen und seine Zunge hatten sie unter ihm dahinschmelzen lassen. Sie wusste nicht mehr, wie oft sie ihn angefleht hatte, in sie einzudringen, doch er hatte sie stets vertröstet, ihren Körper weiter mit seinem Mund erforscht.

Als er ihr Flehen endlich erhörte und in sie eindrang, genügte dieser erste Stoß, um Emma zum Höhepunkt zu treiben. Es war bei weitem nicht der letzte Orgasmus, den sie in dieser Nacht erlebt hatte.

Die Erinnerung daran sandte ihr auch jetzt wohlige Schauer über den Rücken. Emmas Nerven waren noch immer über die Maßen angespannt, selbst die leichte Berührung der Decke auf ihrer bloßen Haut war fast mehr, als sie ertragen konnte, ohne dabei ein lustvolles Stöhnen von sich zu geben.

Lippen pressten sich auf ihren Nacken, während eine Hand über ihre Seite streichelte.

Emma seufzte und lehnte sich zurück. Es fühlte sich so gut an, ihn so dicht an sich zu spüren. Er schob ein Bein zwischen ihre und Emma öffnete sich ihm bereitwillig. Seine Hand glitt von ihrer Seite über ihren Bauch, zog sie fester an seine Brust zurück.

Ihr Herr hob sein Bein an, presste sich an ihre Scham. Emma stöhnte und hielt sich an seinem Arm fest, als habe sie Angst davor, zu fallen.

Seine Hand glitt tiefer, seine Finger legten ihren Kitzler frei, bevor er begann, ihn langsam zu streicheln. Emmas Finger schlossen sich fester um seinen Arm. Sie lehnte den Kopf zurück. Seine Lippen küssten ihren Kiefer entlang, schließlich spürte sie sie an ihrem Mundwinkel. Sie drehte den Kopf leicht zur Seite, um den Kuss erwidern zu können. Seine Hand zwischen ihren Beinen bewegte sich noch immer langsam, vorsichtig. Emma zitterte und drängte sich näher an ihn zurück.

Ihr Herr winkelte sein Bein an, ließ sie ihre weiter öffnen, als ihr rechtes Bein durch seine Bewegung angehoben wurde. Emma löste eine Hand von seinem Arm, streckte sie nach hinten, zwischen ihre Körper. Sie streichelte mit der flachen Hand über seinen Bauch, tiefer. Sein Atem ging schneller und er stöhnte an ihren Lippen, als sie die Finger um ihn schloss. Sie bewegte ihre Hand nicht, hielt ihn einfach fest, während er mit diesen langsamen Bewegungen über ihren Kitzler streichelte.

Sie spürte, dass seine Strategie erfolgreich war. Ihr Körper erzitterte und sie fühlte, wie die Hitze sich in ihr ausbreitete. Seine Finger streichelten weiter über ihre Schamlippen, vorsichtig, zärtlich. Seine Hüften pressten gegen ihre Hand, fordernd, drängend. Emma begann, ihn langsam zu streicheln und wurde dadurch belohnt, dass auch seine Berührungen stärker wurden.

Emma seufzte zufrieden, als er mit den Fingern in sie eindrang und stöhnte protestierend, als er sich sofort wieder von ihr löste.

»Knie dich hin«, befahl ihr Herr mit rauer Stimme und zog

die Decke von ihren Körpern. Emma kam dem Befehl nach, kniete sich mit breit gespreizten Beinen vor ihn auf das Bett.

Seine Hände streichelten ihren Hintern, kneteten ihre Pobacken. Den Analplug hatte er ihr irgendwann in der Nacht herausgenommen, als er selbst in ihren Anus eingedrungen war. Nun presste er den Daumen auf ihre Öffnung und Emmas Hüften zuckten ihm gierig entgegen. Mit einem leisen Lachen ließ ihr Herr eine Hand auf ihre Pobacken schnellen, während er mit dem Daumen in sie eindrang.

Emma japste nach Luft. Der Schlag hatte sie die Muskeln anspannen lassen, die sich nun umso fester um seinen Finger schlossen. Er zog ihn wieder heraus und gab ihr einen erneuten Klaps auf den Hintern, ehe seine flache Hand über ihren Rücken rieb. Als er sich ihren Schultern näherte, übte er mehr Druck auf sie aus, bedeutete ihr, den Oberkörper zu senken. Emma legte ihre Arme auf das Kopfkissen und lehnte den Kopf auf ihre Unterarme.

Er kniete direkt hinter ihr. Sie konnte sein hartes Glied an ihren Pobacken spüren.

»Nimm mich, Herr, bitte«, stöhnte sie und drängte ihm erneut den Hintern entgegen. Seine Hand streichelte noch immer über ihren Rücken, kehrte langsam zu ihrem Hintern zurück. Als Emma ihm diesen ein weiteres Mal entgegenreckte, traf sie seine flache Hand mit voller Wucht. Sie japste erschrocken, konnte jedoch nicht anders, als ihn ein weiteres Mal herauszufordern und empfing seine Hand auf der anderen Pobacke.

Er rieb sich an ihrem Körper, presste seine Erektion an ihre Schamlippen, ließ sie seine ganze Länge spüren.

»Bitte, Herr«, flehte sie erneut. Statt dass er in sie eindrang, schlug er ein weiteres Mal auf ihren Hintern. Emma stöhnte, die Schläge heizten ihre Lust nur noch weiter an. Ihre Muskeln verkrampften sich und sie wollte ihn in sich spüren, wenn ihr Körper derart in ihrer Lust gefangen war.

Endlich zog er seine Hüften ein wenig von ihr zurück, soweit, bis die Spitze seines Gliedes an ihrer feuchten Öffnung ruhte. Emma biss sich auf die Lippen, wollte nicht riskieren, dass er sich noch einmal anders entschied. Ihre Finger krallten sich tief in das Kissen, als er langsam in sie eindrang. Gott, sie brauchte mehr.

Doch er blieb bei diesem entsetzlich langsamen Rhythmus, drang zwei, drei Mal auf diese Art in sie ein. Beim dritten Mal fuhr seine Hand auf ihren Hintern nieder, während er tief in ihr steckte und Emma stöhnte lustvoll auf. Ihr Körper schloss sich um ihn, als wollte er ihn nie wieder loslassen, doch ihr Herr zog sich erneut aus ihr zurück, drang ein weiteres mal langsam in sie ein und versohlte weiter ihren Hintern, wenn er ganz in ihr war. Emma keuchte und versuchte, ihn mit den Bewegungen ihrer Hüften zu einem schnelleren Rhythmus zu bringen.

Doch seine freie Hand griff nach ihrer Taille und hielt sie eisern fest, verhinderte, dass sie sich zu viel bewegte.

Beim nächsten Mal zog er sich ganz aus ihr heraus und Emma wimmerte unglücklich, wandte den Kopf zur Seite, lauschte über die Schulter.

»Herr?«

»Bitte mich noch einmal, Emma«, forderte er und schob ihre Pobacken auseinander. Er lehnte sich über sie, um das Gleitgel zu holen, das neben ihr auf dem Nachttisch stand. Dabei lag sein Glied zwischen ihren Pobacken, als wären ihrer beider Körper füreinander geschaffen.

»Bitte, Herr.« Emma räusperte sich, fuhr sich mit der Zunge über die Lippen. Sie wandte den Kopf ein Stück weiter zur Seite, um besser über ihre Schultern sprechen zu können. Sie spürte das warme Gleitgel zwischen ihre Backen fließen, spürte, wie er es mit der Spitze seines Penis' verteilte.

»Bitte nimm meinen Hintern in Besitz.«

Mehr brauchte er dieses Mal nicht, um endlich in sie einzudringen. Emma stöhnte. Er war alles andere als klein, doch wenn er sie auf diese Art nahm, fühlte er sich noch größer an. Er lehnte sich zurück, griff nach ihren Hüften und zog sie mit einer festen, schnellen Bewegung ganz auf seine Erektion. Emma stöhnte. Sie verbarg ihr Gesicht im Kissen und jeder

Versuch, den eisernen Griff ihrer Hände um das Kissen zu lösen, scheiterte kläglich.

Er gab ihr einen Augenblick, sich daran zu gewöhnen, dass er sie ganz ausfüllte, dann begann er sich in einem schnelleren Rhythmus zu bewegen. Jedes Mal stieß er ein wenig fester in sie, ließ ihre Muskeln sich weiter für ihn öffnen. Seine linke Hand führte weiterhin ihre Hüften, seine rechte klatschte mit schnellen aber nicht sehr festen Bewegungen auf ihren Hintern. Hin und wieder gab er ihr einen richtigen Klaps, stöhnte, wenn sich ihr Körper anspannte, drängte in diesem Augenblick tiefer in sie, ehe er zu seinem alten Rhythmus zurückkehrte.

Emma stöhnte in einem fort. Ihr Körper vibrierte unter seinen Berührungen. Als seine Hände von ihrem Hintern abließen, beugte er sich über sie, zog ihren Oberkörper an seinen und umschloss mit beiden Händen ihre Brüste.

»Komm für mich, Emma«, forderte er sie auf und spielte mit ihren Brustwarzen. Er wusste genau, wie er sie berühren musste, um die größtmögliche Reaktion aus ihrem Körper herauszuholen. Er kniff ihre Brustwarzen zusammen, zog an ihnen, rollte sie zwischen seinen Fingern oder streichelte sie mit federleichter Zärtlichkeit. Er ließ in seinen Berührungen kein Muster erkennen, wechselte unaufhörlich dazwischen und hörte selbst dann nicht auf, als Emma mit lautem Stöhnen kam.

Er reizte sie weiter, ließ ihr keine Ruhe, selbst auf dem Höhepunkt spielte er mit ihrem Körper und entlockte ihr neue Lustschreie.

Er wartete, bis ihr Atem langsamer ging, das Zittern in ihrem Körper nachließ und sie wieder auf seine Fragen reagieren konnte. Dann begann er, auf seinen eigenen Orgasmus hinzuarbeiten. Emma stöhnte tief aus ihrer Kehle heraus, als er sie mit schnelleren und härteren Stößen nahm als zuvor. Er trieb sie zu einem neuen Höhepunkt, während er seine eigene Erlösung suchte und als er in ihr kam, stöhnte Emma in das Kopfkissen und ließ sich ein weiteres Mal von ihm über die Klippe reißen.

Kapitel 12

Matt musterte seinen alten Freund über den Rand seines Glases hinweg, während er vorgab, den goldbraunen Whisky zu bewundern.

»Ich bin nicht verliebt«, sagte Nathan kühl, dem Matts Blicke natürlich nicht entgangen waren. Matt kniff die Augen zusammen und sah ihn eindringlich an, doch Nathan begegnete seinem Blick direkt. Er war tatsächlich nicht verliebt. Davon war er selbst felsenfest überzeugt. Oder er sagte es sich zumindest.

Mochte er Emma? Ja, natürlich. Genoss er ihre Gesellschaft? Ja. War der Sex mit ihr hervorragend? Teufel, ja!

Aber war er verliebt? Nein. Auf keinen Fall. Diesen Fehler hatte er einmal begangen.

»Du wirst sie also wirklich einfach so gehen lassen, wenn das Jahr vorbei ist? Das ist … wann, in drei, vier Monaten?«

Drei Monate, eine Woche und sechs Tage. Nicht, dass Nathan mitzählen würde.

»Natürlich lasse ich sie gehen, das war schließlich der Deal. Was glaubst du denn, dass ich sie hier gefangen halte?« Er trank einen Schluck Whisky und warf Matt einen finsteren Blick zu. Musste der Kerl ihm tatsächlich den Fußballabend ruinieren? Er war es doch überhaupt erst gewesen, der ihm versucht hatte, weiszumachen, dass Fußball Football in nichts nachstand und nun, über ein Jahr nachdem Nathan Gefallen an dem Sport gefunden hatte, musste Matt bei jeder Gelegenheit mit diesem leidigen Thema anfangen.

»Ich dachte, du würdest sie vielleicht fragen, ob sie nicht hier bleiben will.«

»Rede keinen Unfug, Matt«, fuhr Nathan ihn unwirsch an. Matt zuckte mit den Schultern.

»Ich sehe nicht, wo das Unfug wäre. Ich meine, ihr beide versichert mir doch jedes Mal, wenn ich frage, dass es Emma hier gut geht – ich habe sogar schon den Ausdruck gehört, dass es ihr gefalle.«

»Das heißt noch lange nicht, das einer von uns beiden darüber nachdenkt, diese Vereinbarung über das Jahr hinaus zu verlängern.«

»Und dann? Was wirst du tun, wenn sie weg ist?«

Nathans Finger verkrampften sich um den Whisky und er stellte ihn ab. Matt schenkte ihm ein siegessicheres Grinsen.

»Dann suche ich mir eine neue Frau für das nächste Jahr«, verkündete Nathan ihm und das Grinsen verschwand von Matts Gesicht.

»Du machst Witze!«

»Wirklich, Matt? Wann habe ich das letzte Mal einen Witz gemacht?« Nathan sah mit Genugtuung, wie sein Freund erbleichte. Gut, wenn es Matt die Sprache verschlagen hatte, konnte er vielleicht wenigstens die zweite Halbzeit des Spiels in Ruhe genießen. Die erste war schließlich fast vorbei und von den drei Toren hatte Nathan nur das erste wirklich mitbekommen.

»Aber ...«

Natürlich hatte er sich zu früh gefreut. Er hätte wissen sollen, dass Matt nichts so leicht aus der Fassung brachte.

»Aber ich dachte ... « Matt schüttelte den Kopf, leerte den Whisky mit einem Zug.

»Ich dachte wirklich, du würdest sie bitten zu bleiben. Ich war sogar soweit zu denken, du würdest ihr zeigen, wie du aussiehst.«

Nathan lachte trocken auf.

»Sei nicht albern, Matt. Das wird nie passieren.«

»Wieso nicht?«

Nathan warf Matt einen abfälligen Blick zu und stand auf. Er griff nach Matts Glas und ging damit zur Bar, um es aufzufüllen.

»Ich habe viele Fehler in meinem Leben gemacht, das weiß

ich. Aber ich habe keinen einzigen zweimal begangen. Ich habe nicht vor, mit dieser Tradition zu brechen. Weder Emma noch sonst irgendjemand wird mich sehen, wenn es nicht unvermeidlich ist.«

»Aber ...«

»Lass es Matt!« Nathan schlug mit der flachen Hand auf den Tisch. Der Whisky schwappte gefährlich im Glas. Nathan atmete tief durch und verbarg für einen Augenblick das Gesicht in den Händen.

»Lass es einfach. Ich war einmal so dumm, ich werde es kein zweites Mal sein.« Er erinnerte sich genau, wie Jessica ihn voller Abscheu angesehen hatte, als sie zu ihm ins Krankenhaus gekommen war. Zunächst hatte sie den Blick nicht von ihm wenden können, als wäre sie gerade Zeugin des Verkehrsunfalls geworden, den er verursacht hatte. Er hatte sie genau dabei beobachten können, wie sich ihr perfektes Gesicht verzogen und zu einer Grimasse gewandelt hatte. Dann hatte sie den Blick abgewandt und überall hingesehen, nur nicht auf ihn. Sie hatte nicht einmal seine Hand halten können, geschweige denn, ihn küssen können. Das war die Frau gewesen, die er vorgehabt hatte, zu heiraten.

Sie war noch ein zweites Mal zu ihm ins Krankenhaus gekommen. Um mit ihm Schluss zu machen.

Ihr Gesicht war ein Anblick, den er nie vergessen würde. Die Erinnerung hatte sich in sein Hirn gebrannt und würde nie verblassen.

Er brauchte keine zweite derartige Erinnerung, wenn Emma ihn wirklich sehen könnte. Seine Narben mochten ihr nichts ausmachen, wenn sie ihn berührte, doch das ganze Ausmaß des Schreckens würde ihr erst bewusst werden, wenn sie ihn sehen könnte. Er sah aus wie ein verdammtes Monster.

»Sie wird mich nie sehen«, flüsterte er und leerte sein eigenes Glas mit einem Zug. »Niemals.«

Matt sagte nichts.

Die zweite Halbzeit sahen sie sich schweigend an, doch Matts Schweigen half Nathan nun nichts mehr. Seine Laune war auf dem Tiefstpunkt und würde dies den restlichen Abend über bleiben.

Es war bereits nach Mitternacht, als er noch immer im Wohnzimmer saß und durch die Kanäle zappte. Matt hatte sich vor über einer Stunde auf den Heimweg gemacht, doch Nathan war zu angespannt, um ins Bett zu gehen. Er hatte kurzzeitig überlegt, nach Emma zu rufen, doch den Gedanken schnell wieder verworfen. Er war wütend. Wütend auf Matt, der ihn an Dinge erinnert hatte, die er hatte vergessen wollen und wütend auf sich, darüber, dass er sie nicht vergessen konnte. Er fürchtete, er könnte diese Wut an Emma auslassen und das war das letzte, was er wollte.

Er hörte Schritte auf dem Flur und stand von der Couch auf. Nathan wusste, dass er sich bemerkbar machen sollte, Emma zurufen sollte, dass er hier war. Doch er sagte nichts, folgte schweigend den Schritten in die Küche und sah zu, wie Emma zum Kühlschrank ging und das Gefrierfach öffnete. Sie summte vor sich hin.

Als sie vom Kühlschrank zurücktrat, hielt sie eine Packung Eiscreme in der Hand. Sie schloss die Kühlschranktür mit einem anscheinend geübten Schwung ihrer Hüften und öffnete eine Schublade, um sich einen Löffel zu nehmen.

»Du isst um diese Zeit noch Eiscreme?«

Sie fuhr zusammen und der Löffel fiel ihr aus der Hand, landete scheppernd auf dem Boden. Emma fluchte leise, stellte das Eis ab und bückte sich nach dem Löffel. Eine Hand hielt sie vor ihre Augen, während sie den Löffel in die Spüle warf.

»Ich ... äh ... ja, ich habe gerade entdeckt, dass ›The Hound of the Baskervilles‹« in ein paar Minuten anfängt. Das heißt, die ganz alte Fassung mit Basil Rathbone und Nigel Bruce.«

Nathan schwieg und sah zu, wie sie blindlings nach der Schublade tastete und sich einen neuen Löffel holte. Sie hielt inne.

»Sherlock Holmes?«

Ein Lächeln zuckte an seinen Mundwinkeln. Während er hier stand, spürte er, wie seine Wut langsam verrauchte.

»Ich weiß, was ›The Hound of the Baskervilles‹ ist«, informierte er sie.

»Oh, ich dachte nur, weil du nichts gesagt hast … ich gehe dann mal wieder hoch.« Doch sie blieb stehen, eine Hand noch immer vor den Augen, die andere in der Schublade, einen Löffel zwischen den Fingern.

Nathan kam auf sie zu und nahm das Eis von der Arbeitsfläche. »Bring mir einen Löffel mit und komm ins Wohnzimmer.«

Er sah, wie Emma leicht zusammenzuckte, ehe sie nickte.

Als Emma das Wohnzimmer betrat, war es vollkommen dunkel. Zwar war der Bildschirm des Fernsehers wesentlich größer als das Modell, das sie in ihrem Schlafzimmer stehen hatte, doch die Schwarzweißaufnahmen von 1939 waren keine Lichtquelle, die sie sehr viel sehen ließ.

Ihr Herr saß bereits auf der Couch, die dunklen Umrisse der Eiscremepackung konnte sie auf dem Tisch davor sehen. Er hielt eine Decke für sie offen und forderte sie auf, neben ihm Platz zu nehmen. Emma kuschelte sich bereitwillig in die Decke, nachdem sie die Eisschachtel vom Tisch genommen hatte und reichte ihm einen Löffel.

Tausend Gedanken schwirrten durch ihren Kopf, angefangen mit der Frage, wieso sie hier war. Jetzt in diesem Augenblick. Wieso saßen sie zu zweit mitten in der Nacht auf der Couch, aßen Eiscreme und sahen sich diesen alten Schwarzweißfilm an? Zusammen.

Emma wagte nicht, ihn nach seinen Beweggründen zu fragen. Ihre eigenen kannte sie nur zu gut. Doch sie war klug genug, diese nicht auszusprechen. Stattdessen genoss sie das einvernehmliche Schweigen zwischen ihnen. Es gab wenige Menschen, mit denen es angenehm war, zu schweigen.

Als das Eis aufgegessen war, lehnte sie sich an ihren Herrn, ließ sich von ihm fester an ihn ziehen, legte den Kopf auf seine Schulter und genoss die Wärme und Nähe seines Körpers, während sie Sherlock Holmes und Dr. Watson bei der Lösung ihres Falls zusahen.

Seine Hand streichelte sanft über ihren Arm, seine Fingerspitzen malten unsichtbare Muster auf ihrer Haut. Emma seufzte leise. Sie hätte gerne noch viel mehr solcher Augenblicke mit ihm geteilt. Weit über die nächsten Monate hinaus. Sie vertrieb den ungebetenen Gedanken hastig wieder und konzentrierte sich auf den Film.

Sie hatte sich geschworen, die Zeit, die sie mit ihrem Herrn hatte zu genießen, mit zu nehmen, was sie konnte. Das würde sie tun. Sie würde nichts bereuen, keinen einzigen Augenblick. Und sie würde sich keinen kostbaren Moment durch ihre dummen Gefühle verderben lassen.

»Danach kommt noch ›The Adventures of Sherlock Holmes‹. Das heißt nicht, dass wir …«

Er unterbrach sie, indem er den Arm ein wenig fester um sie zog und die Decke fester um sie wickelte.

»Morgen ist Sonntag, Emma. Wir können durchaus noch ein wenig fernsehen.«

»Ja, Herr«, flüsterte sie und schmiegte sich an ihn.

Als Emma erwachte, lag sie in ihrem Bett, die Decke über die Schultern gezogen. Ein Blick auf die Uhr verriet ihr, dass es schon fast Mittag war. Sie fuhr erschrocken hoch, glaubte zunächst, sie habe schon wieder verschlafen. Dann erinnerte sie sich an den merkwürdigen Traum, den sie gehabt hatte.

Sie runzelte die Stirn. Das war gar kein Traum gewesen, oder doch? Hatte sie nicht wirklich mit ihrem Herrn im Wohnzimmer eine Packung Eiscreme gegessen und dabei diese wundervollen alten Sherlock Holmes Filme mit Basil Rathbone angeschaut?

Emma brauchte ein wenig, um ihren Kopf zu klären. Doch nach einer Dusche war sie sicher, die letzte Nacht nicht geträumt zu haben.

Sie ging mit einem Lächeln im Gesicht nach unten und bereitete das Mittagessen vor, nachdem sie das Wohnzimmer aufgeräumt hatte.

Nathan versuchte, sich keine Gedanken darüber zu machen, dass irgendeine tiefere, versteckte Bedeutung in seinem Verhalten während der vergangenen Nacht lag.

Er konnte durchaus Zeit mit Emma verbringen, ohne mit ihr zu schlafen. Das hatten sie schließlich schon vorher getan.

Es war auch vollkommen legitim, dass er sich die letzte Nacht mit Eiscreme und alten Schwarzweißfilmen um die Ohren geschlagen hatte. Immerhin hatte er ohnehin nicht schlafen können und seine Wut war auch verraucht. Ob dies nun Holmes, dem Eis oder doch Emmas Anwesenheit geschuldet war, spielte doch gar keine Rolle mehr.

Wie ein Mantra wiederholte er diese Worte in Gedanken, während er beim Mittagessen saß und sie beobachtete.

Er war nicht verliebt und Matt war ein Idiot, überhaupt auf einen derartigen Gedanken zu kommen. Nathan schnaubte verächtlich.

»Stimmt etwas mit dem Essen nicht, Herr?«, fragte Emma anscheinend besorgt und saß kerzengerade auf ihrem Stuhl. Nathan schüttelte den Kopf, um seine Gedanken zu klären.

»Nein, entschuldige, ich dachte nur an etwas, was Matt gestern gesagt hat, was vollkommener Blödsinn war, das ist alles.«

»Oh, gut.« Sie atmete langsam aus und entspannte sich. Ihre Schultern sackten leicht zusammen.

Nathan war es leid, sich über derart unnötige Dinge Gedanken zu machen. Er schob den Teller zur Seite. Das Essen war für ihn beendet. Er musste sich ablenken, musste seine Gedanken eine andere Richtung geben, in die sie laufen konnten.

Er stand auf und ging um den Tisch herum. Emma wandte den Kopf in seine Richtung, folgte mit dieser Bewegung seinen Schritten, bis er neben ihr stand. Als er nach ihrem Arm griff, stand sie bereits auf.

Nathan zog sie an sich, küsste sie stürmisch auf die Lippen und zog an ihrem Pullover. Er wollte sie nackt sehen. Jetzt. Wollte ihren Körper unter seinen Händen spüren. Augenblicklich. Wollte in ihr versinken und alles andere aus seinem Kopf verbannen. Für immer.

Er stöhnte über seine eigenen Gedankengänge, löste sich von Emmas Lippen und zog ihr den Pullover über den Kopf. Er riss an seinem eigenen Hemd, störte sich nicht daran, dass mindestens einer der Knöpfe seiner Unruhe zum Opfer fiel und zog Emma wieder an sich.

Seine Hände glitten zu ihrem Po, er presste sie an sich, ließ sie sein Verlangen fühlen. Emma schob sich den Rock selbst über die Hüften und trat aus ihm heraus, ließ ihre Hände über seinen Oberkörper streichen, fuhr mit ausgestreckten Fingern über seinen Rücken. Nathan hob sie hoch, setzte sie auf dem Tisch ab und trat zwischen ihre Beine. Er ging vor ihr auf die Knie, küsste ihre Schamlippen, leckte sie, drang mit der Zunge in sie ein. Emma vergrub die Hände in seinem Kopf, hielt sich an ihm fest, während Nathan seinen Gürtel öffnete und sich die Hosen bis zu den Knien herunterriss.

Er stand wieder auf, küsste Emma und ließ sie ihr eigenes Verlangen schmecken, als er in sie eindrang. Er hatte keine Zeit für Spiele, keine Zeit, sich auf irgendetwas zu konzentrieren, als darauf, dass er in ihr sein wollte, sie in Besitz nehmen wollte. Wieder und wieder und nie mehr damit aufhören wollte.

Emma schlang die Arme um seinen Hals, rieb ihren Körper an seinem und schlang die Beine um seine Hüften. Ihre Leidenschaft stand seiner in nichts nach und es dauerte nicht lange, bis sie beide keuchend und stöhnend zum Höhepunkt kamen.

Nathan hielt sie an sich gepresst, zog sich nicht aus ihr zurück, wollte den Kontakt zu ihrem Körper nicht verlieren. Er trug sie ins Wohnzimmer, legte sie auf die Couch und brachte sie mit seinen Händen erneut zum Orgasmus. Er wollte nicht aufhören, wollte sich selbst und ihr beweisen, dass sie ihm gehörte, dass sie ihn in drei Monaten gar nicht verlassen können würde.

Ich bin nicht verliebt!

Wenn es sein musste, dachte Nathan, würde er sie die nächsten drei Monate, eine Woche und fünf Tage durchgängig befriedigen. Wenn ihr Körper zu schwach war, würde sie nicht gehen können.

Natürlich wusste er, dass es Wahnsinn war. Doch es hielt ihn nicht davon ab, sich selbst an diesem Tag zu zeigen, dass es rein theoretisch durchaus im Bereich des Möglichen war.

Es reichte, wenn man alle paar Stunden kurz die Augen schloss, ehe man weitermachte. Im Wohnzimmer, wieder im Esszimmer, in seinem Schlafzimmer, in seinem Spielzimmer, wie Emma es nannte. Er bekam nicht genug von ihr und wenn er Emma zu Wort kommen ließ, lag nur ein einziges auf ihren Lippen: »Mehr!«

Ich bin nicht verliebt!

Das war Nathans letzter Gedanke, als er in dieser Nacht mit Emmas erschöpftem Körper auf seinem ruhend, einschlief.

Kapitel 13

Drei Monate. Emma schüttelte sich bei dem Gedanken. In drei Monaten wäre alles vorbei. Das Datum auf dem Kalender schien sie hämisch anzugrinsen.

In drei Monaten würde sie ihrem Herrn Lebewohl sagen müssen. Er würde sein Leben weiterleben, als sei das letzte Jahr nicht geschehen und sie …

Sie musste sich an den Gedanken gewöhnen, dass das letzte Jahr ein einmaliges Erlebnis für sie gewesen war. Sie würde etwas Vergleichbares mit keinem anderen Mann erleben. Sie wollte es auch gar nicht.

Was sollte sie mit einem anderen Mann? Sie wollte *ihn*. Sie seufzte.

Es war müßig, sich Wünschen hinzugeben, die nicht wahr werden würden. Wenn es eines gab, das Emma in ihrem Leben gelernt hatte, dann das.

Das Leben war nicht fair, ganz und gar nicht. Es schenkte den Anschein von Glück, von Vollkommenheit, dann schlug es gnadenlos zu und nahm einem alles weg.

Emma rieb sich die Arme. Ihr war plötzlich kalt.

Sie hatte noch drei Monate und sie würde sich diese Zeit durch nichts und niemanden zerstören lassen! Mit herausgestreckter Zunge nahm sie den Kalender von der Wand und hing ihn verkehrt herum auf. Es mochte kindisch sein und keinen Sinn machen, aber es tat gut. Es tat so gut, wie mitten in der Nacht Eis zu essen und alte Filme zu schauen. Ein Lächeln legte sich über ihr Gesicht. Sie würde sich daran festhalten. An diesen Erinnerungen. Die konnte ihr das Leben nicht nehmen.

Emma würde nie vergessen, wie sich seine Hand auf ihrer Haut anfühlte, wie sein Atem an ihrem Ohr vorbeistreifte, wenn er dicht hinter ihr stand. Wie seine Stimme allein genügte, um ihr Schauer über den Rücken zu jagen und sein Duft ausreichte, um ihre Lust anzufachen.

Sie biss sich auf die Lippe und schloss die Augen. Emma dachte an vergangene Nacht. Sie dachte an den gestrigen Tag und die Nacht davor und den Tag davor und den davor und an all die Tage und Nächte, die sie bereits seine Berührungen erfahren durfte, seine Strafen ertragen musste. Jede einzelne hatte in ihr neue Lust geweckt, jede Berührung sie tiefer in den Strudel aus Verlangen und noch verworreneren Gefühlen gestoßen.

Emma atmete langsam aus und warf sich einen kurzen Blick im Spiegel zu. Ihre Wangen waren gerötet, ebenso ihr Hals. Ihre Augen funkelten leicht. *So sieht Verlangen aus,* dachte sie und fuhr sich mit der Hand an den Hals.

So sieht es aus, wenn eine Frau Körper, Herz und Seele verloren hat, warnte sie eine kleine Stimme.

Emma schob die Bedenken beiseite und verließ ihr Zimmer.

Sie hörte das Klingeln des Telefons schon, als sie an die Treppe kam. Es klingelte unaufhörlich weiter, während sie die Treppe hinabging und den Flur zur Küche durchquerte. Wer auch immer am anderen Ende der Leitung war, schien nicht aufgeben zu wollen.

»Hallo?«, sagte sie, als sie den Hörer abnahm.

»Hallo, mein Name ist Roberta Clark, kann ich bitte mit Emma Sullivan sprechen?«

»Am Apparat.« Ihr Magen zog sich zusammen. Außer Matthew hatte nur noch eine Person diese Telefonnummer und Miss Clark bestätigte ihre Befürchtung.

»Miss Sullivan, ich rufe im Auftrag von Dr. Miles an. Es geht um Ihren Vater.«

Emmas Kehle schnürte sich zu und ihr Herz setzte einen Schlag aus. Ihr Blick verschwamm, ihre Beine zitterten. Sie lehnte sich gegen die Küchentheke, umklammerte mit der freien Hand die Granitarbeitsplatte, suchte an dem kalten Stein Halt, den sie in sich nicht mehr finden konnte.

»Mein Vater? Was ist mit ihm? Ist er …«

»Er hat in den letzten Monaten sehr gut auf die Behandlung angesprochen, aber in den letzten zwei Wochen hat sein Zustand rapide abgenommen. Dr. Miles hat eine Operation für morgen früh angesetzt.«

Emmas Augen brannten, ihr Atem stockte. Sie fühlte sich Jahre in die Vergangenheit versetzt, als die Ärzte ihr und ihrem Vater erklärten, dass ihre Mutter den Kampf gegen den Krebs verloren hatte und die Operation, um den Tumor zu entfernen, nicht die erhoffte Wirkung zeigte.

Sie biss auf ihre Fingerknöchel, um nicht laut los zu schluchzen.

»Dr. Miles hält es für das Beste, wenn Sie noch heute herkommen könnten. Sie können in einem Angehörigenzimmer hier übernachten und morgen früh vor der Operation noch einmal mit ihrem Vater reden und sind direkt vor Ort, wenn die Operation vorbei ist und …« Miss Clark sagte noch mehr, doch in Emmas Ohren war nur noch ein Rauschen zu hören.

Sie sollten sich von Ihrer Frau und Mutter verabschieden. Ich würde Ihnen gern bessere Nachrichten überbringen, aber wir müssen realistisch sein. Jeder Tag, den sie noch hat, ist ein Wunder.

Das Schluchzen, das Emma versucht hatte, zu unterdrücken, brach nun ungehemmt aus ihr heraus. Die Küchenmöbel verschwammen zu einem schwarzen Fleck vor ihren Augen, als Tränen ihr ungehindert über die Wangen rannten. Ein dumpfer Schmerz in ihren Knien, ein lautes Scheppern. Sie war auf die Knie gefallen, das Telefon lag auf dem Boden, schlitterte über die Fliesen von ihr weg.

Emma zitterte am ganzen Leib und schlang die Arme um

sich. Monatelang hatte sie die Angst um ihren Vater von sich fortschieben können, hatte darauf vertraut, dass er die Therapie annehmen und sich auf dem Weg der Besserung befinden würde. Sie hatte sich ausgemalt, wie es sein würde, wenn er aus dem Krankenhaus käme, vielleicht würden sie noch ein paar Wochen Urlaub am Meer machen, oder in Schottland in den Bergen. Dann würden sie nach London zurückkehren und ihr altes Haus mit dem Buchladen zurückkaufen und dort weitermachen, wo sie gezwungen gewesen waren, aufzuhören. Jetzt bekam dieser Traum vor ihren Augen Risse, drohte zu zerbrechen. Sie konnte das nicht noch einmal mitmachen. Sie konnte nicht noch ihren Vater verlieren, nachdem man ihr schon die Mutter genommen hatte.

Eine Hand legte sich auf ihre Schulter und sie bemerkte, dass sie zusammengekauert auf dem Boden lag. Sie wusste nicht, wie viel Zeit seit dem Anruf vergangen war. Emma wagte nicht, aufzusehen, sah starr geradeaus, als er ihren Namen flüsterte.

»Ein Wagen wartet draußen auf dich und bringt dich ins Krankenhaus. Wenn du willst, kannst du noch etwas packen.«

»Woher ...«

»Matt.« Er drückte ihre Schulter, sein Daumen streichelte sanft über ihren Oberarm. »Fahr zu deinem Vater, Emma.«

Ein neues Schluchzen brach aus ihr heraus, neue Tränen flossen über ihr Gesicht. Sie ließ sich von ihm aufhelfen, stolperte blind vor Tränen aus dem Zimmer, ließ sich von ihm zur Tür führen.

»Komm«, eine neue Stimme. Eine verschwommene Gestalt in der Tür. Matt. Er legte einen Arm um ihre Schulter und führte sie aus dem Haus, den Weg entlang und zu dem schwarzen Wagen, der auf sie wartete. Nachdem er die Tür geöffnet hatte, half er ihr hinein und folgte ihr. Er nannte dem Fahrer die Adresse des Krankenhauses. Die Fahrt über schwieg er. Erst, als der Wagen vor dem Krankenhaus zum Stehen kam, wandte er sich an sie und reichte ihr ein Taschentuch.

»Alles Gute für deinen Vater, Emma. Wenn du irgendetwas brauchst, melde dich bei mir.«

Emma wischte sich die Tränen aus dem Gesicht und nickte, auch wenn sie seine Worte kaum wahrnahm. Benommen betrat sie das Krankenhaus, sagte der erstbesten Person in einem Kittel ihren Namen und wurde durch die Hallen geführt.

Ihr Vater schlief, als sie sein Zimmer betrat und sie zog einen Stuhl an sein Bett, ließ sich erschöpft darauf fallen und griff nach seiner Hand. Die Haut spannte um seine Finger, die Knochen und Adern waren deutlich zu sehen.

Emma biss sich auf die Lippe, als sie sein eingefallenes Gesicht ansah. Sie wagte nicht, daran zu denken, wie er insgesamt aussah, schob den Gedanken, der ihr in den Sinn kam, direkt von sich.

Unzählige Schläuche führten von Maschinen in seinen Körper. Waren mit Klebestreifen auf seiner Haut befestigt, maßen, kontrollierten, versorgten ihn. Hielten ihn am Leben.

Nein, das wollte sie nicht denken. Wie konnte jemand bei diesem Gepiepse überhaupt denken? Ihr Kopf schmerzte.

Ihre Hand wurde gedrückt und Emma hob den Blick, um in die halbgeöffneten Augen ihres Vaters zu blicken.

»Du bist hier«, er lächelte und drückte erneut ihre Hand.

»Natürlich bin ich hier.« Emma verfluchte die Tränen, die erneut in ihren Augen aufstiegen. Sie wollte stark sein, wollte ihm Kraft geben und Mut machen.

»Das ist schön.« Selbst ohne das stärker werdende Piepsen hätte sie erkannt, dass das Reden ihn anstrengte.

»Ich hatte gehofft ... dich noch einmal zu sehen.«

Sie biss sich so fest auf die Unterlippe, bis sie Blut schmeckte, um nicht zusammenzubrechen.

»Du wirst mich noch ganz oft sehen, Papa«, versprach sie ihm. Sein Lächeln zeigte ihr, dass er wusste, dass sie log. Er streckte seine freie Hand nach ihr aus und Emma senkte den Kopf, hob seine zittrige Hand an ihre Wange.

»Deine Mutter wäre so stolz auf dich, Emma.«

Sie konnte die Tränen nicht länger zurückhalten, konnte das Schluchzen nicht länger unterdrücken. Emma sackte zusammen, legte den Kopf auf die Brust ihres Vaters und weinte hemmungslos, während er eine Hand auf ihren Kopf legte und ihr Haar streichelte.

»Na, na, mein Kind. Keine Tränen.« Er atmete langsam ein und aus. Ein und aus. Ein Röcheln war dabei zu hören. »Erzähl mir etwas Schönes, Emma.«

Emma dachte angestrengt nach, doch ihr wollte nichts einfallen. Alle schönen Gedanken hatten sich im Angesicht des Unglücks verflüchtigt.

»Weißt du noch, was Mrs. Spencer immer sagte, wenn sie in den Laden kam?«

Mrs. Spencer. Die alte Frau, die gegenüber des Buchladens lebte und fast täglich die Regale nach neuem Lesestoff durchsucht hatte.

»Eine gute Geschichte vertreibt alle Sorgen«, erinnerte Emma sich. Ihr Vater drückte ihre Hand.

»Erzähl mir eine gute Geschichte, Emma.«

Sie war entsetzlich selbstsüchtig, fiel ihr auf. Ihr Vater musste unglaubliche Schmerzen haben, war schwach und müde, hatte sicherlich Angst vor der morgigen Operation und was tat sie? Dachte nur an ihre eigene Angst davor, ihn zu verlieren. Sie setzte sich auf, wischte sich die Tränen mit dem Handrücken ab und holte tief Luft.

»Wie wäre es mit Winnie-the-Pooh? Ich glaube, du hast mir die Geschichten so oft vorlesen müssen, dass ich sie noch heute auswendig kann.«

Ihr Vater lachte leise. »Ja, du konntest nie genug von diesem ›dummen, alten Bären‹ bekommen. Ja, Emma, erzähl mir von Winnie-the-Pooh und Christopher Robin.«

Das tat sie. Sie erzählte alle Geschichten, an die sie sich noch erinnern konnte und hielt dabei die Hand ihres Vaters ganz fest. Selbst, als er eingeschlafen war, erzählte sie noch weiter.

Als eine Krankenschwester hereinkam und ihr anbot, ihr das Angehörigenzimmer zu zeigen, in dem sie schlafen konnte, bat Emma darum, die Nacht genau dort verbringen zu dürfen, wo sie war. An der Seite ihres Vaters sitzend. Die Krankenschwester erlaubte es und schloss leise die Tür hinter sich, als sie das Zimmer verließ.

Emma schlief keine Minute in dieser Nacht. Sie beobachtete die Anzeigen auf der Maschine, den Gesichtsausdruck ihres Vaters, während er schlief. Er wirkte so friedlich und glücklich. Sie erzählte weiter, erzählte von Winnie-the-Pooh und seinen Freunden im Hundred Acre Wood, bis ihre Stimme heißer wurde und der Morgen anbrach.

Als Dr. Miles das Zimmer betrat und sie begrüßte, schlief ihr Vater noch. Sie ließ sich von Dr. Miles erklären, was genau bei der Operation geschehen würde, welchen Zweck sie hatte. Die Antwort war grausam. Nüchtern und simpel. Sie war die letzte Chance, die ihr Vater hatte, um zu überleben.

Ihr Vater erwachte, bevor die Pfleger kamen, um ihn in den OP-Saal zu bringen.

»Emma«, begrüßte er sie mit einem verschlafenen Lächeln. »Ich habe wunderbar geträumt«, verriet er ihr, setzte wieder ab, um Luft zu holen. »Von dir und Winnie-the-Pooh.« Seine Worte schafften es, dass Emma sich ein Lächeln abringen konnte.

»Ich glaube, ich muss jetzt los«, bemerkte er, als die Pfleger das Zimmer betraten.

»Ich warte auf dich, wenn du ins Wachzimmer kommst«, versprach Emma und küsste die Stirn ihres Vaters, hielt seine Hand, bis er aus dem Zimmer geschoben wurde.

Der Wartebereich war voll, die Stühle unbequem. Emma saß in einer Ecke und starrte auf den Boden, wartete darauf, dass man sie rufen würde, ihr sagen würde, dass die Operation vorbei war, sie gut verlaufen war und ihr Vater im Wachzimmer lag, wo sie zu ihm konnte und bei ihm sein konnte, wenn er aus der Narkose erwachte.

Die Stunden verstrichen, der Wartebereich leerte sich. Emma blieb zurück.

»Miss Sullivan?«

Sie sprang auf, sah Dr. Miles erwartungsvoll an und brach bei seinem Kopfschütteln zusammen.

Erst drei Wochen nach der Beerdigung brachte Emma es über sich, erneut zum Grab zu gehen. Fünf Mal hatte sie diesen Weg in Angriff genommen. Fünf Mal war sie umgekehrt, hatte sich in ihrer alten Wohnung hinter die Tür gekauert und geweint.

Heute hatte sie die letzte Rechnung bezahlt. Sie hatte die letzte Kiste mit Kleidern ihres Vaters gepackt. Weggeben konnte sie sie noch nicht. Das würde sie später tun. Dafür war noch in ein paar Monaten Zeit.

Sie stand am Grab ihrer Eltern und atmete tief ein und aus. Es tat weh, aber zumindest brach sie nicht sofort in Tränen aus. Sie wollte gern daran glauben, dass ihre Eltern, wo auch immer sie waren, sich wiedergefunden hatten und zusammen waren. Dass es ihnen gut ging. Sicherlich besser, als in ihren jeweils letzten Monaten, versicherte sie sich.

»Noch drei Monate, Papa, dann kaufe ich den Laden zurück. Und Winnie-the-Pooh bekommt einen Ehrenplatz«, versprach sie leise und legte den Blumenstrauß ab, den sie mitgebracht hatte. Emma küsste ihre Fingerspitzen, strich mit diesen über die im Stein eingravierten Namen.

»Ich hab euch lieb«, flüsterte sie und ging, bevor die Tränen doch noch aus ihr ausbrechen konnten.

Als sie in ihre Wohnung zurückkehrte, stellte sie sicher, dass alle Fenster und Läden verschlossen waren, dann rief sie sich ein Taxi und ließ sich aus der Stadt fahren.

Mehr als einmal hatte sie sich in den letzten Wochen nach ihm gesehnt, danach, einfach seine Anwesenheit zu spüren, zu wissen, dass er da war. Mehrere Male hatte sie die Nummer von Matthews Büro ins Telefon eingegeben, um sich über ihn zu ihrem Herrn durchstellen zu lassen. Letztlich hatte sie den Anruf doch nicht ausgeführt. Zuerst musste sich ihre Trauer ein wenig setzen und sie all den Papierkram in Ordnung bringen, den der Tod ihres Vaters mit sich gebracht hatte. Die Stimme ihres Herrn zu hören würde sie nur noch mehr aufwühlen. Eines hatte sie in den letzten Wochen gelernt, die drei Monate, die ihr noch mit ihm blieben, würde sie bis zur letzten Sekunde auskosten.

»Wollen Sie hier einziehen?«, fragte der Taxifahrer und Emma sah ihn verwirrt an. Der Mann deutete auf ein »zu verkaufen«-Schild, das im Vorgarten stand. Emma glaubte, ihren Augen nicht zu trauen. Das konnte unmöglich sein.

»Miss? Hey, Sie müssen bezahlen!«, rief der Taxifahrer ihr nach, als Emma die Tür aufriss und zum Haus rannte. An der Tür hing ein weiteres Schild mit der Adresse einer Makleragentur. Was ging hier vor? Ihr Herz klopfte ihr bis zum Hals. Das konnte doch nicht sein.

»Miss!« Der Taxifahrer war zu ihr gekommen und hielt seine Hand auf.

»Ich ... muss zurück in die Stadt. Sofort!« Emma machte auf dem Absatz kehrt und ging zurück zum Taxi. Sie nannte dem Fahrer die Adresse von Matts Büro und versuchte, auf der Fahrt dorthin ihre Gedanken zu ordnen und ihre Nerven zu beruhigen.

»Emma.« Matt war sichtlich überrascht, sie zu sehen, als sie sein Büro betrat. »Bitte, setz dich doch. Ich habe das mit deinem Vater gehört, aber es sah so aus, als wolltest du lieber allein sein. Mein aufrichtiges Beileid. Wenn ich ...«

»Wo ist er?«, unterbrach Emma ihn und bemühte sich, dabei ruhig und gefasst zu klingen. Ihm war nichts passiert. Diesen Satz hatte sie sich wieder und wieder vorgesagt. Es ging ihm gut. Es gab eine ganz simple und einfache Erklärung dafür, dass er nicht dort war, wo er sein sollte, wo er auf ihre Rückkehr warten und sie wieder bei sich aufnehmen sollte. Sie blieb stehen, wartete auf Matts Antwort.

»Wer?«

Emma warf ihm einen eisigen Blick zu und Matt hob abwehrend die Hände.

»Schon gut, schon gut, ich weiß ja, wen du meinst.«

»Also?«, fragte sie, als er nicht weitersprach.

»Das kann ich dir nicht sagen.«

»Ist er verschwunden? Ist ihm etwas passiert?« Gott, bitte nicht. Ihr wurde kalt und sie glaubte für einen Augenblick, den Boden unter den Füßen zu verlieren.

»Nein, nein, nichts dergleichen. Aber ich darf dir nicht sagen, wo er ist.«

Er durfte nicht? Emmas Gesicht musste ihre unausgesprochene Frage wiedergespiegelt haben. Matt seufzte.

»Meine Schweigepflicht ihm gegenüber, du verstehst. Ich kann dir nur sagen, dass er weggegangen ist und …«

»Weg? Aber … mein Jahr ist noch nicht vorbei. Es fehlen noch drei Monate.« Ich habe noch drei Monate mit ihm, hätte sie fast gesagt. Sie wollte diese Zeit, wollte ihn.

»Oh«, Matts Gesicht hellte sich auf, seine Körperhaltung entspannte sich sichtlich. »Keine Angst, wenn du dir Sorgen um das Geld machst, du wirst für das volle Jahr bezahlt.«

Emma trat einen Schritt zurück. Sie fühlte sich, als hätte er sie geschlagen. Wie konnte er glauben, dass es ihr um das Geld ging? Was kümmerte sie denn das Geld? Sie wollte … ihn. Sie wollte bei ihm sein, seine Stimme hören, seinen Duft einatmen, seine Haut an ihrer fühlen, seinen Herzschlag spüren.

Wie konnte er nicht denken, dass es ihr ums Geld ging. Deswegen hatte sie doch damals die Stelle angenommen, erinnerte sie sich. Emma schluckte, presste die Lippen aufeinander. Sie nickte Matt knapp zu, drehte sich um und verließ sein Büro. Sie ignorierte, dass er noch einmal nach ihr rief und er kam ihr auch nicht nach. Mit hochrotem Kopf verließ sie das Gebäude und bemerkte erst draußen auf der Straße, dass sie zitterte.

Irgendwie fand sie den Weg zu ihrer Wohnung zurück. Sie riss alle Fenster auf und ließ die frische Märzluft hinein. Sie glaubte, nicht genug davon zu bekommen, fühlte sich, als würde sie die ganze Luft in ihrer Wohnung weg atmen.

Sie war allein. Die Erkenntnis traf sie wie ein Schlag und ließ sie auf die Couch sinken. Sie war endgültig, tatsächlich und unumstößlich allein auf der Welt. Was sollte sie denn jetzt tun?

Kapitel 14

»Mr. Blackbourne, sind Sie bereit?«

»So bereit, wie ich jemals sein werde, Doc«, erwiderte Nathan und hielt dem Arzt seinen Arm hin, in den dieser eine Nadel jagte.

»Wir werden dann jetzt die Anästhesie einleiten. Wenn ich Ihnen die Maske aufsetze, zählen Sie bitte von einhundert an rückwärts.«

Ein letzter Augenblick des Zweifelns kam ihm zwischen achtundneunzig und siebenundneunzig. Was tat er hier? Er wollte sich nie wieder so hilflos fühlen, wollte nie wieder die Kontrolle aufgeben. Jetzt lag er hier auf dem OP-Tisch und legte sein Schicksal in die Hände eines anderen. Dunkelheit umfing ihn und riss sich mit ihn.

Es war alles Emmas Schuld gewesen. Soviel stand fest. Bevor sie in sein Haus und sein Leben gekommen war, hatte er es genossen, allein zu sein. Doch als sie weggegangen war, um am Krankenbett ihres Vaters zu wachen, war ihm die Villa auf einmal entsetzlich groß und kalt vorgekommen. Leer.

Er hatte sie vermisst. Zunächst hatte er noch versucht, sich mit Arbeit abzulenken, doch nach zwei Tagen hatte er eingesehen, dass es keinen Sinn machte. Er war durchs Haus getigert, aber überall erwartete er darauf, ihre Schritte zu hören, ihre Stimme, ihr Lachen. Nachts lag er wach im Bett und erinnerte sich daran, wie sich ihre Haut anfühlte, wie sich ihr Körper unter seinem bewegte, sich ihm entgegenreckte.

Er war in ihr Zimmer gegangen, hatte ihre Sachen gepackt,

gehofft, dass dieser Abschluss ihm helfen würde. Er hatte sich geirrt. Es war nur schlimmer geworden. Nathan hatte sie nicht loslassen können. Er hatte sich selbst einen Narren geschimpft, hatte Matt ihre Sachen mit der Bitte übergeben, sie ihr zurückzugeben und ihm den Auftrag erteilt, die Villa zu verkaufen. Zwei Wochen, nachdem er vom Tod von Emmas Vater erfahren hatte, war er bereits zurück in den Staaten gewesen und hatte Dr. Owen aufgesucht, der ihn nach seinem Autounfall behandelt hatte und ihm schon damals geraten hatte, sich einer Schönheitsoperation zu unterziehen, um die Narben behandeln zu lassen, die er auf dem Körper trug.

Nun tat er genau das. Emma hatte ihm eines gezeigt: Er war es leid, allein zu sein. Er wollte wieder Leben. Er wollte *sein* Leben! Es war an der Zeit, dass Nathan Blackbourne zurückkehrte. Doch das konnte er nicht als narbenversehrtes Monster. Also musste er seine Angst überwinden, musste ein letztes Mal die Kontrolle aufgeben, um endgültig das Sagen über sein Leben zurückzuerhalten. Es war zu spät für Zweifel.

»So, dann wollen wir mal einen Blick darauf werfen.«

Nathan sagte sich selbst, dass er sich nicht zu viele Hoffnungen machen sollte, doch als er sich im Spiegel sah, war er positiv überrascht. Feine, weiße Linien, mehr war von den Narben, die seinen Körper für Jahre verunstaltet hatten, nicht mehr zu erkennen. Sie waren noch da, sicher, aber kaum mehr zu sehen.

»Sehen Sie, Mr. Blackbourne. Sie haben sich all diese Jahre unnötig gequält«, erklärte Dr. Owen ihm und erklärte ihm noch einmal ausführlich, mit welcher Methode es ihm gelungen war, Nathans Wunden derart zu behandeln. Nathan hörte ihm nicht zu. Er war kein Mediziner und hatte für diese Informationen noch nie viel übrig gehabt.

»Danke Doc«, unterbrach er den Arzt. »Ich kann das Krankenhaus dann jetzt verlassen? Es gibt nämlich einige Dinge, die ich dringend klären muss.«

»Nun, Sie sollten sich zwar noch schonen, aber ...«
»Ich kann gehen?«
Dr. Owen seufzte und warf Nathan einen missbilligenden Blick zu.
»Ja, Sie können gehen, Mr. Blackbourne.«
Nathan ließ sich dies nicht zweimal sagen. Bereits auf dem Weg aus dem Krankenhaus hatte er sein Handy am Ohr und rief in New York an. Es war an der Zeit, dass Nathan Blackbourne zurück auf der Bühne der Welt erschien.

Drei Monate später war Nathan wieder da, wo er hingehörte. Und dieser Abend würde seine Rückkehr offiziell zementieren. Drei Monate lang hatte er diese Galaveranstaltung vorbereiten lassen. Blackbourne Industries hatte im letzten Jahr Rekordgewinne eingefahren und alle Welt hatte sich gefragt, wo der Geschäftsführer geblieben war. Nun, heute Abend würde er allen Gerüchten über sein Verschwinden ein Ende setzen.

Er wartete in einem separaten Raum, während er angekündigt wurde. Ein letztes Richten seiner Krawatte, ein letzter Blick in den Spiegel. Drei feine weiße Linien waren noch auf seinem Gesicht zu erahnen, wo ihn einmal größere Narben verunstaltet hatten. Auf den ersten Blick, im dämmrigen Licht des Saals da draußen würde niemand sie sehen, der nicht auch die Narben gesehen hatte. Also würde niemand sie erkennen.

»... Nathan Blackbourne, meine Damen und Herren.« Er hörte Stimmengemurmel, vereinzelten Applaus. Nathan trat hinaus vor das Mikrofon und blickte auf die Menge vor sich herab.

Das war es, was ihm gefehlt hatte. Er hatte sein Leben zurück. Er war wieder dort, wo er hingehörte.

In den folgenden Stunden schüttelte er unzählige Hände, leerte mehrere Champagnergläser und traf alte Freunde wieder. Freunde, die er in den letzten Jahren nicht vermisst hatte. Er zwang den Gedanken beiseite und mischte sich weiter ins Getümmel.

»Nathan?«

Er wandte sich mit seinem perfekt einstudierten Lächeln um.

»Jessica!«

Sie erwiderte sein Lächeln, strich sich eine blonde Strähne hinter das Ohr und sah ihn aus großen blauen Augen an.

»Ich bin froh, dich zu sehen. Ich habe mir Sorgen um dich gemacht. Du warst einfach wie vom Erdboden verschwunden und ich wusste gar nicht, wie ich dich erreichen sollte.«

»Du hattest mit mir Schluss gemacht«, erinnerte er sie, woraufhin Jessica einen Schmollmund aufsetzte. Es war ihr gut gegangen. Er hatte ihr Gesicht auf zahllosen Magazincovern und in einigen Werbespots gesehen. Sie war eines der gefragtesten Models der Welt. In ihrem Leben hatte es keinen Platz für einen Mann gegeben, der derart mit Narben übersät gewesen war, wie er es war. Das hatte sie ihm deutlich zu verstehen gegeben. Er hatte es akzeptiert, hatte ihr im Stillen sogar Recht gegeben.

Aber nun war die Sachlage anders. Seine Narben waren weg. Er war wieder der alte, gutaussehende Nathan Blackbourne und Jessicas Blick sagte ihm genau das, während sie ihn musterte.

»Du siehst gut aus«, bestätigte sie seinen Verdacht. Sie strich mit der Hand über seine Brust, schenkte ihm erneut ihr Zahnpastalächeln.

»Wir sollten uns mal wieder auf einen Kaffee treffen, oder auf einen Drink. Vielleicht war ich ein wenig voreilig.« Sie lachte. »Ich war jung und dumm. Ich hätte dich nie gehen lassen sollen, Nate, wir beide waren das perfekte Paar. Wir könnten es wieder sein.« Sie lehnte sich näher an ihn und Nathan legte instinktiv den Arm um ihre Taille. Jessica schmiegte sich an ihn, hauchte einen Kuss auf seine Wange.

»Wir könnten auch einfach direkt zu dir gehen«, flüsterte sie.

Nathan sah auf sie herab. Er konnte tatsächlich sein Leben zurückhaben. Er könnte genau da weitermachen, wo er vor dem Unfall aufgehört hatte, selbst Jessica würde wieder ihm gehören.

»Also?«

Emma kam ihm unfreiwillig in den Kopf. Plötzlich wurde ihm alles zu laut, selbst das gedimmte Licht hier drin war zu grell, das Lachen, das an seine Ohren drang zu aufgesetzt, die Schulterklopfer, die er erhielt, unerwünscht.

Er spannte sich an, versteifte sich und ließ Jessica los. Er drehte sich um und ging.

»Nate, wo gehst du denn hin?«, fragte sie ihn lachend und eilte ihm nach.

»Nach Hause«, erwiderte er brüsk und steuerte zielstrebig auf den Fahrstuhl zu. Jessica hakte sich bei ihm ein und schmiegte sich an seiner Schulter.

»Ich kann es kaum erwarten.« Sie schnurrte geradezu. Nathan löste ihre Hand von seinem Arm und schob sie zur Seite.

»Jessica, Darling, ich fürchte, wir beide haben uns in den letzten Jahren auseinandergelebt.«

»Nate, sag doch so etwas nicht. Ich habe mich doch schon entschuldigt, was soll ich denn noch tun?«

Nathan musterte sie einen Augenblick lang, dann stahl sich ein Grinsen auf sein Gesicht.

»Geh auf die Knie und bitte noch einmal um Verzeihung, indem du mir einen bläst.«

Jessica trat einen Schritt zurück und sah ihn mit großen Augen an.

»Wie bitte?«

»Alternativ kannst du dich auch nach vorn beugen, deinen Hintern entblößen und dich entschuldigen, während ich ihn dir versohle.«

»Du hast den Verstand verloren!«, zischte sie ihn an. »Ich weiß ja nicht, was du die letzten Jahre getan hast, oder in welchem Loch du dich verkrochen hast, aber keine Frau, die etwas auf sich hält, würde sich zu so etwas herablassen.« Sie warf ihr blondes Haar über die Schultern und verschränkte die Arme vor der Brust.

»Also?«

»Leb wohl Jessica. Und danke, dass du mir vor Augen geführt hast, was ich wirklich vermisst habe.«

»Wo willst du hin? Nate!«

»Das sagte ich doch, nach Hause.« Nach England. Er war ein

verdammter Idiot gewesen, aber er hoffte, dass es dieses Mal nicht zu spät für ihn war. Er wollte Emma wiederhaben. Wieso hatte er geglaubt, es würde ihm irgendetwas helfen, wenn er davonliefe? Denn genau das hatte er getan. Er war vor seiner Einsamkeit davongelaufen, die ihn eingeholt hatte, als Emma gegangen war.

Er war dem Irrtum unterlegen, dass die Operation ihm das zurückbringen würde, was ihm im Leben fehlte. Dabei war das einzige, was ihm fehlte, Emma. Es hätte ihm klar sein müssen. Spätestens als sie gegangen war, nein, schon viel früher. Er hatte sein Herz an sie verloren und wollte sein Leben nicht länger ohne sie führen.

Nathan fuhr direkt zum Flughafen und buchte sich noch während der Fahrt dorthin den nächsten Flieger nach London. Dann rief er Matt an. Er wollte sein Haus zurück. Er wollte Emma zurück. Er wollte das Leben zurück, dass er erst mit ihr an seiner Seite zu schätzen gelernt hatte.

Emma kniete mit einer Kiste neu eingetroffener Bücher vor dem Regal und sortierte sie ein. Sie hielt inne, nahm eines der Bücher in die Hand und blätterte es durch, ließ die Finger über die Seiten streichen.

Seit zwei Monaten hatte sie den Buchladen wieder eröffnet und viele der alten Stammkunden ihrer Eltern waren zurückgekehrt und kauften regelmäßig bei ihr ein. Hätte man Emma gefragt, ob sie glücklich sei, so hätte sie die Frage bejaht. Und sie war ja auch beinahe glücklich. Der Teil von ihr, der zutiefst unglücklich war, gehörte ihr allein und es hätte sie ohnehin niemand verstanden.

Wie hätte sie auch darüber reden können, dass sie einen Mann vermisste, dessen Namen sie nicht wusste, dessen Gesicht sie nicht einmal kannte. Einen Mann, den sie immer nur mit »Herr« angesprochen hatte. Jeder, mit dem sie darüber gesprochen hätte, hätte sie für verrückt gehalten.

Sie seufzte und stellte das Buch zu den anderen ins Regal. Die kleine Glocke, die über der Tür hin, läutete, als jemand den Laden betrat.

»Ich bin gleich da«, rief sie über ihre Schulter und griff nach den beiden letzten Büchern aus der Kiste. Schritte näherten sich ihr und Emma hielt mitten in der Bewegung inne. *Du bist verrückt*, sagte sie sich selbst. Es war unmöglich, einen Menschen anhand seiner Schritte zu erkennen und noch viel unmöglicher, dass der Mensch, den sie zu erkennen glaubte, gerade ihren Laden betreten hatte.

Er blieb hinter ihr stehen und Emma begann zu zittern. Sie atmete tief durch, glaubte sogar, ihn riechen zu können. *Du hast den Verstand verloren*, sagte sie sich selbst und schob die beiden Bücher mit Nachdruck ins Regal.

»Emma.«

Ihr Herz setzte einen Schlag lang aus. Sie war nicht verrückt, hatte nicht den Verstand verloren. Langsam erhob sie sich, hielt sich dabei am Regal fest, aus Angst, ihre Beine würden unter ihr nachgeben.

»Emma«, sagte er noch einmal. »Ich bin froh, dich gefunden zu haben.«

»Ich war die letzten Monate hier«, erklärte sie leise und umklammerte das Regalbrett vor ihr, bis ihre Knöchel weiß wurden.

»Ich weiß. Es war leicht, dich zu finden.«

»Dafür hast du lange gebraucht, um herzukommen«, entfuhr es ihr und sie biss sich auf die Lippen. »Entschuldige, ich ...«

»Nein, du hast Recht. Ich ... habe mich einigen Operationen unterzogen. Wegen der Narben. Ich habe sie so gut wie möglich entfernen lassen.«

Emma runzelte die Stirn und schüttelte leicht den Kopf.

»Das musstest du nicht. Ich meine, nicht meinetwegen. Was nicht heißen soll, dass du das meinetwegen getan hast. Natürlich hast du das nicht, das wäre ja verrückt und wie gesagt, ich hätte auch nicht gewollt, dass du etwas an deinem Äußeren änderst, ich meine, ich habe dich ja nie gesehen, es gab also nie etwas, was mich gestört hätte, ich ... rede zu viel.«

Er lachte kurz leise auf.

»Ich weiß, dass ich es nicht deinetwegen hätte tun müssen. Ich war ein Idiot, Emma. Ich hätte nicht gehen sollen. Matt hat mir gesagt, dass du zurückkommen wolltest. Ich hätte warten sollen. Ich … ich will dich wiederhaben.«

Ihr Herz schlug schneller und Emma versuchte, ihre Freude zu zügeln. Natürlich wollte er sie wiederhaben. Ihm standen schließlich noch drei Monate als ihrem Herrn zu.

»Ich bin natürlich bereit dazu, den Vertrag zu erfüllen und die ausstehenden drei Monate zu erbringen, He…« Sie hielt inne, als sie seine Hand auf ihrem Arm spürte.

»Emma, sieh mich an. Bitte.«

Ihr Kopf schnellte hoch. Sie hatte ihn noch nie um etwas bitten gehört. Langsam wagte sie es, sich zu ihm umzudrehen. Er ließ die Hand von ihrem Arm fallen.

»Mein Name ist Nathan. Nathan Blackbourne«, flüsterte er und Emma, die es noch nicht gewagt hatte, den Kopf zu heben und ihm ins Gesicht zu sehen, bemerkte, dass er die Hände zu Fäusten geballt hatte. Sie verhielt sich dumm, erinnerte sie sich. Hatte sie sich nicht oft genug gewünscht, ihn sehen zu können? Nun war dieser Augenblick da und doch dauerte es eine gefühlte Ewigkeit, ehe sie den Blick heben konnte.

Sie sah ihn lange an, nahm jedes einzelne Detail von ihm auf. Das kantige Kinn, den angespannten Kiefer, wie die Muskeln in seinen Wangen zuckten. Seine Lippen, die sie so oft gespürt hatte, waren fein geschwungen. So vollkommen, wie sie diese in Erinnerung hatte. An seinem Kinn erkannte sie eine feine, weiße Linie, eine Narbe, die nicht ganz verheilt war. Eine weitere zierte seine Schläfe, reichte bis unter sein kurzes, schwarzes Haar. Eine dritte Narbe war auf seiner Wange, dicht am Auge. Sie hob eine zitternde Hand und fuhr über diese Narbe, als müsse sie sich selbst davon überzeugen, dass er echt war.

Seine blauen Augen hielten ihren Blick gefangen. Vielleicht war es gut gewesen, dass sie ihn nicht gesehen hatte, dachte Emma. Dieser Blick ließ ihre Knie weich werden. Sie hätte sich nur noch mehr in ihn verliebt. Es hätte nur noch mehr wehgetan, ihn verlassen zu müssen.

Er nahm ihre Hand und hielt sie fest.

»Ich will keine drei Monate, Emma. Ich will mehr. Ich will alles.«

»Ich verstehe nicht …«

»Komm zurück zu mir Emma. Für immer.«

Ihr stockte der Atem. Sie wusste nicht, was sie sagen sollte. Er küsste ihre Handfläche und ließ ihre Hand los. Sie verharrte regungslos in der Luft.

»Ich wohne wieder hier. Ich würde dich gern heute Abend einladen. Zum Essen. Wenn du dich entscheiden kannst, mir noch eine Chance zu geben, erwarte ich dich um acht.«

Er wandte sich um und ging und ließ Emma mit klopfendem Herzen und einem Kopf, der nicht wusste, was er denken sollte, zurück.

Nathan war nervös. Mehr als nervös. Was wäre, wenn sie nicht käme? Könnte er sie wirklich einfach so aufgeben? Nein, entschied er, das könnte er nicht. Er würde einen Weg finden, sie zurückzugewinnen, egal, wie lange es dauern würde.

Das Klingeln an der Tür riss ihn aus seinen Gedanken. Er ging mit großen Schritten zur Haustür und öffnete sie. Obwohl er wusste, dass es niemand außer Emma hatte sein können, ließ ihn die Angst doch erst los, als er sie vor sich stehen sah.

»Hallo«, sagte sie und Nathan trat zur Seite, um sie ins Haus zu lassen. Emma folgte ihm in die Küche und lächelte, als sie zwei perfekt angerichtete Teller sah.

»Ich sagte ja schon einmal, dass ich durchaus in der Lage bin, mir etwas zu essen zu machen«, meinte er, als er ihren Blick sah.

Emma lachte leise. »Du hättest mich also gar nicht gebraucht.«

»Doch.« Er wurde augenblicklich ernst. »Das tue ich noch immer, wenn auch nicht wegen des Kochens.«

Sie senkte den Blick und er sah, wie ihre Wangen rot wurden.

»Hast du darüber nachgedacht?«, fragte er und nahm die Teller in die Hände, ging mit ihnen voran ins Esszimmer. Emma folgte ihm und setzte sich an den Tisch.

»Ich werde den Buchladen nicht wieder aufgeben.«

»Das würde ich auch nie von dir verlangen. Ich will nicht, dass du für mich arbeitest, oder dass es ein Job für dich ist, hier zu sein. Ich will, dass du hier bist, weil du hier sein willst. Bei mir. Mit mir. Ich will eine Beziehung, Emma.«

Emma rutschte unruhig auf ihrem Stuhl hin und her. Sie biss sich auf die Lippen, öffnete den Mund, schloss ihn wieder, seufzte.

»Emma?«

»Keine Augenbinden mehr?«

»Keine Augenbinden«, bestätigte er.

»Kein ›Herr‹?«

»Kein ›Herr‹.« Gott, er wollte hören, wie sie seinen Namen sagte, wollte, dass sie ihm in die Augen sah, wollte in ihre Augen sehen können, jederzeit, ständig, immer wieder.

»Heißt das auch nichts von den anderen Dingen?«

»Was meinst du?«

Emma rutschte erneut auf dem Stuhl hin und her. Sie sah auf ihren Teller, stocherte in dem Essen herum.

»Ich meine alles andere eben.« Sie hob den Blick und sah ihn fest an. »Die Fesseln, die Strafen ...«

Ein Lächeln breitete sich auf seinen Lippen aus.

»Wieso sollten wir auf etwas verzichten, was uns beiden gefallen hat. Ich habe dich vermisst, Emma. Und ja, das heißt auch den Sex mit dir. Sehr vermisst sogar.«

»Das habe ich auch, Nathan.«

Gott, er wollte diese Frau so sehr, es war beinahe beängstigend.

»Du gibst mir also eine Chance? Du gibst *uns* eine Chance?«

Emma fuhr sich mit der Zunge über die Lippen und nickte.

»Ja.«

»Wann kommst du zurück?«, fragte Nathan, ehe er sich zurückhalten konnte.

»Ich kann morgen umziehen.«

»Wieso nicht heute?«

Emma lachte und Nathan liebte dieses Lachen. Dieses ehrliche, unverfälschte Geräusch, das von ihren Lippen perlte.

»Ich kann natürlich auch heute Abend noch zurück in die Stadt fahren, aber ich dachte, ich könnte heute Nacht einfach so hier bleiben. Ich ... ging nicht davon aus, dass ich viel brauchen würde.«

Emma stand auf und kam auf ihn zu. Nathan folgte ihrem Beispiel, erhob sich von seinem Stuhl und legte die Arme um ihre Taille.

»Ich zeige mich auch gern erkenntlich dafür, wenn du mich heute Nacht einfach so bei dir bleiben lässt. Ich wäre dir wirklich sehr, sehr dankbar«, flüsterte Emma und ihre Hände glitten über Nathans Brust, hielten an seinem Gürtel inne.

Er zog sie an sich und küsste sie. Mit einer Hand schob er seinen Teller zur Seite und drängte Emma zurück gegen den Tisch. Er stöhnte an ihrem Mund, als es ihr gelungen war, seine Hose zu öffnen und ihre Hand sich um sein wachsendes Glied schloss.

Nathan löste sich von ihren Lippen und griff nach ihrem Kleid, streifte ihr die Träger von den Schultern und ließ es zu Boden fallen. Sie war nackt, schlüpfte aus ihren Schuhen und setzte sich auf den Tisch. Mit fahrigen Bewegungen zog Nathan sich das Hemd aus, ließ es hinter sich zu Boden fallen, schüttelte sich die Hose von den Beinen und trat zwischen Emmas gespreizte Schenkel.

»Gott, ich habe dich vermisst«, murmelte er an ihren Lippen und küsste sie erneut. Seine Hände glitten über ihre Seite, streichelten ihren Rücken, pressten sie fester an sich. Er wollte ihren Körper spüren, jeden Zentimeter ihrer Haut fühlen.

Emma stöhnte, riss sich von seinen Lippen los und rang nach Atem. Nathan küsste ihre Wange, ihr Ohr, ihren Hals. Er konnte nicht genug von ihr bekommen.

»Nathan, bitte, bitte nimm mich jetzt. Bitte«, keuchte Emma an seinem Ohr und Nathan kam ihrem Flehen nach und drang mit einem festen Stoß in ihre heiße Feuchtigkeit ein, nahm sie nach all diesen Monaten endlich wieder in Besitz und spürte, wie sich ihre Muskeln fest um ihn schlossen, als wollten sie ihn nie wieder loslassen.

Emma stöhnte an seinem Ohr und Nathan griff nach ihrem Po, zog sie fester an sich, stieß schneller in ihren Körper. Gott, sie fühlte sich noch besser an, als er in Erinnerung hatte.

»Du bleibst?«, fragte er noch einmal, als könne er es noch nicht ganz glauben.

»Ich bleibe«, bestätigte Emma und stöhnte erneut kehlig auf.

»Für immer?« Seine Stöße wurden härter, kürzer, er war so kurz davor zu kommen.

»Natürlich für immer! Oh Gott, Nathan ...«

Er suchte erneut ihren Mund, erstickte ihr Stöhnen, als sie in seinen Armen kam, während er sich in ihr ergoss.

Sie lagen halb auf dem Tisch, atmeten schwer und hielten sich eng umschlungen. Er würde sie ins Schlafzimmer tragen und den Rest der Nacht dazu nutzen, die vergangenen Monate nachzuholen, dachte Nathan, während seine Hände über ihren zitternden Körper streiften. Diese Nacht und morgen und die morgige Nacht und den Tag danach und die Nacht danach und alle folgenden Tage und Nächte. Ein Lächeln breitete sich auf seinem Gesicht aus.

»Woran denkst du?«, fragte Emma und strich mit den Fingerspitzen über die verblassten Narben auf seinem Gesicht. Nathan neigte das Gesicht zur Seite und küsste ihre Hand.

»Daran, dass das Leben beinahe perfekt ist.«

Emma erwiderte sein Lächeln.

»Ja, ich glaube, da hast du Recht. Jetzt ist es wirklich perfekt.«

»Beinahe«, korrigierte er sie und hob sie hoch. Emma schlang die Arme um seinen Hals und sah ihn fragend an.

»Beinahe?«

»Mhm ... wenn ich dich im Bett statt auf dem recht unbequemen Tisch habe, dann ist es perfekt.«

Sie lächelte und küsste ihn. Ja, dachte Nathan. Jetzt hatte er wirklich, was er vom Leben wollte.

Office
Escort
Leseprobe

Vorgeschmack

Ich leckte über meine Lippen und genoss deren Empfindsamkeit. Erst als ich mir ganz sicher war, dass jeder Millimeter wieder trocken und warm war, ließ ich das Eis abermals kreisen, langsam am Rand meines Mundes entlang, dann mehr in die Mitte gleitend. Mit geschlossenen Augen konzentrierte ich mich auf das prickelnde Gefühl. Als es langsam abflaute, stupste ich mit der Zunge kurz nach vorne, gegen die Kälte des Würfels und ein neuer Schauer brannte durch meine Adern. Meine Brustwarzen zogen sich zusammen.

Ich war geil. So geil, dass ich in wenigen Minuten sogar meinen Bettvorleger vögeln würde, nur um endlich einen Orgasmus zu bekommen. Aber ein Blick auf meine Uhr verriet mir, dass ich noch lange nicht geil genug war.

Energisch legte ich den Eiswürfel zurück in das Wasserglas, schob meine erotischen Fantasien zur Seite und ging zur Wohnungstür. Für ein klein wenig mehr Anheizen war einfach keine Zeit mehr. Ich griff die bereitgestellte Tasche, öffnete die Tür, befreite mein Top, das sich irgendwie an der Klinke verheddert hatte, verlor wieder wertvolle Sekunden und ärgerte mich darüber, dass ich nicht vorher auf die Idee gekommen war, an etwas Aufreizendes zu denken. Dabei würden die nächsten zwei Stunden dann deutlich mehr Spaß machen. Wenn der Unterleib schon sensibilisiert war und mein Körper ohnehin bei jeder Bewegung vor Lust pulsierte, waren Pilatesübungen eine beinahe göttliche Erfindung. Aber ich war zu spät. Schon wieder. Doch dieses Mal hatte ich mich wirklich nicht aufraffen können. Kein bisschen. Dass ich jetzt doch auf dem Sprung war, verdankte ich einzig und allein der SMS meines Verlobten. An den hatte ich zwar gerade gedacht, aber in einem weitaus sexuelleren Zusammenhang. Er hatte auch an Sex gedacht, aber über zehn Ecken. Denn wenn ich schon nicht auf Sport und meine aufreizende Figur achtete, dann tat er es für mich. Das war zumindest seine Meinung. Die er immer wieder gerne zu allen passenden und unpassenden Gelegenheiten äußerte.

Die schicke, aber absolut unpraktische Sporttasche geschultert, trat ich einen Schritt vor und begrüßte den Temperaturunterschied. Im Gegensatz zu meiner sommerwarmen Wohnung war die Luft des Hausflur beinahe kühl. Auf meinen Armen bildete sich eine Gänsehaut. Ich stahl mir einen weiteren Moment der Sinnlichkeit und genoss es, zwischen heiß und kalt zu stehen. Es machte mir klar, dass ich im Freibad wesentlich besser aufgehoben wäre. Aber es half alles nichts. Klaus würde erfahren, wenn ich den Kurs schwänzte. Und dann war vorläufig nichts mehr mit Sex. Seine Art von Motivation. Unfair eigentlich, doch effektiv.

Geistesabwesend schob ich die »Herzlich Willkommen« Matte mit einem Fuß gerade, bevor ich auf die hellen Fließen des Flurs trat. Als ich die Wohnungstür hinter mir zuzog, klimperte mein Schlüssel melodisch im Schloss. Leider auf der falschen Seite.

»Verdammt!«

Ich starrte die bronzefarbene Klinke an, als wäre es ganz allein ihre Schuld. Natürlich hing auch der Autoschlüssel an dem Bund.

»Wow, so sehr ohne Grund bin ich auch selten verflucht worden!«, sagte eine herzliche Stimme hinter mir. Gleich darauf erklang ein Lachen und ließ mich auf dem Absatz herumfahren.

»Georg!«

Mein Nachbar lehnte an seiner Wohnungstür, und seine Lässigkeit ließ die Frage offen, wie lange er dort schon gestanden und mich beobachtet hatte. Wie konnte eine einzige Person gleichzeitig so entspannt und so sexy wirken?

Er musterte mich, und wieder fielen mir seine sehr hellen, sehr blauen Augen auf. Es war schwer, sie nicht zu bemerken. Sie hatten genau die Art von Blau, die ich trotz eines gewissen Faibles für Terence Hill im wirklichen Leben nie hatte leiden können. Sie irritierten mich ebenso, wie es sein Blick tat. Er ließ den Rest der Realität unwirklich werden, so als schwebte ich einige Zentimeter über dem Boden. In ihm lag das Wissen darum, dass ich eine sinnliche Frau war. Schlagartig kehrte das Kribbeln zurück. Stärker dieses Mal, wie ein elektrischer Hauch, der sich über meine ganze Haut zog und sie empfindsamer machte. Meine Brustwarzen zogen sich zusammen und meine Libido vollführte eine Kehrtwende. Dass ich eigentlich erst nach einem langen Vorspiel dermaßen erregt sein sollte, interessierte meinen Körper auf einmal nicht mehr. Ein weiterer Hauch zog über meine Haut. Georg schien ihn zu bemerken, denn sein Blick folgte dem wandernden Frösteln. Schließlich musterte er mich mit einer Intensität, die mir sagte, dass er mich auch angezogen mochte.

»Wie geht es dir sonst so?« Georg deutete mit dem Kinn Richtung Tür. Offenbar hatte er die richtigen Schlussfolgerungen gezogen. »Wir haben uns seit Samstag ja noch nicht gesprochen.«

»Oh!« Ich drehte mich vollends zu ihm um, und wünschte mir mit einem Mal nichts sehnlicher, als etwas zum Festhalten. Das Kribbeln in meinem Unterleib verstärkte sich noch mehr und breitete sich von dort in meinem ganzen Körper aus. Über Samstag und unser Stelldichein mit Georg und einer seiner On-Off-Freundinnen hatte ich auch noch nicht mit Klaus gesprochen.

»Nicht?« Georg löste sich von der Wand und trat einen Schritt näher an mich heran.

»Habe ich das Letzte wirklich laut gesagt?«

»Nein, ich kann Gedanken lesen.« Georgs Grinsen wuchs in die Breite, als er hinzufügte: »Unheimlich, oder?«

»Witzbold.«

»Kann dich der witzige Gedankenleser, der zufällig weiß, dass du dich ausgesperrt hast, einladen?«

»Ich wollte zum Sport.«

»Du wolltest? Wie in *ich wollte nicht, aber Klaus wollte, dass ich wollte* ... oder wie in *eben noch, bevor ich Georg getroffen habe* ...?«

»Bin ich so leicht zu durchschauen?« Ich lachte. Vor allem, weil ich antwortete, ohne die Wahrheit auszusprechen.

»Ist das eine Fangfrage?«

»Hei!«

Grinsend trat mein Nachbar zu mir und befreite mich von der Sporttasche, ehe ich protestieren konnte. Dabei berührte er mich wie zufällig. Wieder dachte ich an Samstag, seine warmen und rauen Hände auf meinem Oberkörper, die sanften, bestimmenden, von Claire an meinen Beinen. Ihre Finger zogen kleine Kreise auf der Innenseite meiner Schenkel, strichen höher, durch mein kleines Haarnest ... mmhh ... Interessiert betrachtete Georg die neue Gänsehaut auf meinem Oberarm. Ich war wirklich extrem empfindlich. Vielleicht hätte ich mir doch eine Runde mit dem Bettvorleger gönnen sollen, bevor ich mich selbst auf die Menschheit losließ.

»Eigentlich ist es ja unmenschlich, jemanden bei dieser Hitze zum Training zu schicken ...« Georg betonte *Hitze* und ließ das Ende des Satzes offen, aber sein Lächeln war amüsiert.

Vielleicht ist er wirklich ein Gedankenleser, schoss mir durch den Kopf. Ich konnte fühlen, wie mein Gesicht rot wurde. Wenn er ein Gedankenleser war, konnte ich nur hoffen, dass er sich erst vor zwei Sekunden in meinen Geist geklickt hatte.

»Och, jetzt möchte ich aber wissen, an was du gerade denkst!« Mit dem Zeigefinger seiner Rechten strich er über meine hitzige Wange. »Vielleicht doch lieber einen kalten Cocktail auf meinem Balkon?«

»Du bist wirklich ein Verführer.«

»Immer zu Ihren Diensten, Madam.« Georg deutete eine Verbeugung an, die mich wieder zum Lachen brachte. Ob es ihm wirklich gefallen würde, mir zu dienen? Wenn ja, hatte er wirklich keinen blassen Schimmer von meinen Gedanken.

»Dann schlage ich vor, dass du mir nach dem Cocktail zu

Diensten bist.« Ich schenkte ihm ein Lächeln und fragte mich gleichzeitig, welcher Teufel mich ritt. Denn sowohl Sex mit meinem Nachbar, als auch Dienst nach meinen Vorstellungen, waren keine guten Ideen. Meinte zumindest meine Logik. Allerdings erhob mein Gewissen keinen Einspruch, und auch meine Libido fand die Vorstellung super. Vielleicht konnte ich einfach da weitermachen, wo ich am Samstag aufgehört hatte?

»Denkst du an dasselbe, wie ich?« Georg klang ein wenig atemlos, und zum ersten Mal sah ich, dass sich auch auf seinem Gesicht eine sanfte Röte abzeichnete. Dabei war er doch am Samstag der Beherrschte, Kontrollierende gewesen.

Ohne mein Zutun tauchten wieder Bilder und Erinnerungsfetzen vor meinen inneren Augen auf: ineinander verschlungene Körper, eine unglaublich schöne Frau mit unglaublich langen Beinen, eine warme Zunge, die sich zwischen meine Lippen zwängte, eine andere, die meine intimen Lippen verwöhnte, zwei Hände an meinen Brüsten, zwirbelnde Finger. Claire, die zwischen meinen Schenkeln kniete, Klaus hinter ihr. Ihr Lecken und ihre Finger, die sie in mich schob, wieder und wieder, bis ich vor Lust bebte. Wie gerne hätte ich in diesem Moment einen Schwanz im Mund gehabt. Füllig und samtig, um mein leises Stöhnen zu ersticken. Aber Klaus und ich hatten vor Jahren die Regeln festgelegt. Und diese Regeln sagten, keinen Sex mit dem jeweils anderen Geschlecht, wenn der eigene Partner anwesend war. Wandernde Hände ja, aber nichts wurde ineinander geschoben. Hei, Moment mal ... erst jetzt fiel mir auf, was an diesem Bild nicht gestimmt hatte. So abgelenkt war ich also gewesen!

»Zu dir klingt wirklich toll!«

Für eine Sekunde wirkte Georg überrascht, dann öffnete er seine Tür und hatte mich in seine Wohnung gezogen, bevor ich es mir anders überlegen konnte.

Auch hier war es wärmer als im Flur. Aber nicht so unangenehm, wie in meiner Wohnung. Die Luft in dem langen Korridor schien mit Licht getränkt zu sein. Und dieser Duft ...

»Ist Claire da?«

»Nein. Vermisst du sie?« Georgs Lächeln war anzüglich, aber in seiner Miene las ich die Frage, die ihm auf der Zunge brannte.

Ich dachte an Claires Hände auf meiner Haut und schüttelte den Kopf. Es waren seine Hände, die sich in meine Erinnerung gebrannten hatten, und der merkwürdige Gegensatz zwischen den rauen Handflächen und den sanften Berührungen. Das wollte ich wieder spüren. Sehr lange und sehr intensiv.

»Gut!«, behauptete Georg und trat einen Schritt näher. »Ich bin gleich wieder da.« Seine Stimme war nur ein leiser Hauch an meinem Ohr. Er ließ kleine Schauer der Lust durch meinen Körper rieseln und machte mich mehr an, als es der ganze Samstag gekonnt hatte. Und dann drehte sich Georg um und ging aus der Wohnung!

Einen Moment lang stand ich im Flur, fühlte mich wie bestellt und nicht abgeholt, dann machte ich den ersten vorsichtigen Schritt in die Wohnung. Ich hatte praktisch eingewilligt mit Mr. Supersexy-ich-habe-drei-Freundinnen-gleichzeitig-und-lasse-nichts-anbrennen Sex zu haben und er war einfach erst einmal gegangen?! Noch immer konnte ich es nicht ganz fassen. Denn mal ehrlich … normalerweise wäre Mann doch sofort über Frau hergefallen, oder?

Vor allem, da wir Samstag ja schon einmal beinahe so weit gekommen waren. Bevor Klaus mich an die Wir-haben-eine-offene-Beziehung-Regeln erinnert hatte. Wie gesagt: Sex mit anderen war in Ordnung, solange der Partner nicht zusah. Eigentlich eine saudoofe Regel, vor allem, wenn man doch sowieso schon zu viert im Bett war und alles andere miteinander machte.

Vor allem konnte ich mich nicht daran erinnern, die Augen geschlossen zu haben, als Klaus mit Claire zu Gange gewesen war. Eindeutig hatte ich zugesehen – und dass ich den Anblick genossen hatte, zählte eigentlich gar nicht, solange es die Regeln gab. Ein wenig wütend bog ich um die Ecke Richtung Wohnzimmer.

Erst, als ich den roten Vorhang zur Seite geschoben hatte, erkannte ich die Geräusche, die ich bis jetzt nur am Rande meines Bewusstseins wahrgenommen hatte. Sex. Mitten in der Bewegung verharrte ich und starrte auf die beiden Frauen, die sich auf dem breiten, roten Futton vergnügten. Die beiden hatten mich noch nicht bemerkt, oder waren so ineinander vertieft, dass es für sie keine Rolle spielte. Die spielerische Atmosphäre im Raum ließ meine Erregung, die sich ob Georgs plötzlichem und unerwarteten Abgang verabschiedet hatte, schlagartig zurückkehren. Als Mindy – eine weitere von Georgs zahlreichen Immer-mal-wieder-Freundinnen – ihre Hand hob, Ring- und Mittelfinger in den Mund nahm, sie ableckte und feucht zurückführte, verkrampfte sich mein Unterleib. Die Lust in meinem Inneren richtete meine gesamte Aufmerksamkeit auf das Spiel. Der Geruch nach süßem Mösensaft tat sein übriges und ließ mich ebenfalls feucht werden. Fasziniert sah ich zu, wie Mindy ihre Finger in der anderen Frau versenkte. Das Stöhnen ihrer Wollust vibrierte als Verlangen in mir und katapultierte mich auf eine neue Stufe der Sensibilisierung.

Ich durfte nicht zusehen! Auf keinen Fall konnte ich bleiben. Aber plötzlich fehlte mir die Kraft dazu, es nicht zu tun. Wie angewurzelt blieb ich stehen, den Vorhang noch halb über meiner Schulter und konnte mich einfach nicht von dem Anblick lösen. Die vollendeten Pobacken, die zu Mindy gehörten, und die sich mir verlockend entgegenreckten. Sie waren Meisterkreationen eines gut gelaunten Gottes. Ein ebenso sinnlicher Mensch hatte dafür gesorgt, dass die beiden Backen von Strapsen umrahmt wurden. Das Schwarz der Reizwäsche hob sich grell gegen Mindys Haut ab und allein der Anblick ließ mich wieder an Samstag denken. Ich hatte eine genaue Ahnung davon, wie sie sich anfühlen würde, ihre hellen Wölbungen, ihre geschwungenen Hüften und der pralle Busen; ein Geschenk der Sinnlichkeit.

Lilly An Parker
Office-Escort

Es ist ein Spiel. Wie weit würdest du gehen?

Grenzenlose Erregung, unvorstellbare Gier, sich immer weiter steigerndes Verlangen. Es ist ein Spiel um Dominanz, Lust und Leidenschaft für diejenigen, die ansonsten alles haben oder haben können: unmoralisch, sexy, der ultimative Kick.

Aber wie lange will Mann widerstehen?

Die gutaussehende Sekretärin Joanna lässt sich von einem exklusiven Office-Escort-Service anwerben, um ihre Fantasien auszuleben und den aktiven Part in erotischen Spielen zu übernehmen. Von nun an wird sie an erfolgreiche Businessmänner vermietet, die sich auf ein verführerisches Dominanzspiel einlassen wollen, und bringt sie an die Grenzen ihrer Lust. Eine schmale, exquisite Gradwanderung, die Joanna an den Rand ihrer eigenen Sinnlichkeit bringt.

Taschenbuch
192 Seiten · ISBN:
978-9-942602-15-0

ELYSION
www.elysion-books.com

Lilly Grünberg
Dein

Bedingungslose Unterwerfung: Um dem Dom ihrer Träume nahe zu sein, muss sie alles aufgeben – wirklich alles

208 Seiten · 9,90 €
ISBN: 978-3942602-21-1

Mit ihrer Gier nach absoluter Unterwerfung durch einen dominanten Top setzt sich Sophie Lorato selbst unter Druck. Auf der Suche nach diesem »Super-Dom« gerät sie an Leo und stimmt seinen außergewöhnlich harten Regeln zu, obwohl sie nicht einmal weiß, wie er aussieht. Und es kommt schlimmer, als sie es sich ausgemalt hat, denn er versteht sein Handwerk und lehrt sie mit allen Mitteln, was es heißt, eine SM-Sklavin zu sein.

Über die Autorin:

Unter verschiedenen Namen hat sich die Autorin in die Herzen der Erotik- und SM-Leser aber auch in die der Fantasy-Liebhaber geschrieben.

Unter dem Namen »Lilly Grünberg« erschien bisher der Roman »Verführung der Unschuld« – in Neuauflage bei Elysion-Books – 2014 gefolgt von Teil 2.

www.elysion-books.com

Jona Mondlicht
Unverglüht

Eine Geschichte ... nur eine Geschichte ... über eine ganz besondere Liebe zwischen zwei Menschen. Über Vertrauen, Kontrolle, Unterwerfung und Dominanz.

187 Seiten · 9,90 €
978-3-942602-32-7

In eine solche Geschichte schlittert Sarah hinein, als sie in der Ledermanufaktur auf ihre Schuhe wartet und den Erzählungen des Ladeninhabers lauscht. Schon bald fühlt sie sich immer mehr hingezogen zu den aufregenden, lustvollen Geschichten und ihrem Erzähler. Denn sie weiß, dass in ihr die gleiche heimliche Neigung wohnt. Und so bleibt sie schließlich länger als geplant und stellt fest, dass Herr Conrad sie längst durchschaut hat. Er hat ihr seine Geschichten nicht ohne Grund erzählt ...

www.elysion-books.com